ベリーズ文庫

俺の新妻

～御曹司の煽られる独占欲～

きたみ まゆ

JN179416

STARTS
スターツ出版株式会社

目次

俺の新妻～御曹司の煽られる独占欲～

俺の新妻～御曹司の煽られる独占欲～

プロローグ

都内の一等地にあるラグジュアリーな高級ホテル。その一番広いバンケットルームは大勢の招待客で埋め尽くされていた。

豪華なシャンデリアに、美しくセッティングされたテーブル。あちこちに配された色とりどりの花。まばゆい世界に目がくらみそうになる。私たちが会場に足を踏み入れた途端、その場にいた全員がこちらを振り返った。

今日この会場で行われているのは日本有数の大企業、『大宮《おおみや》建設』の創業五十周年を祝うパーティ。けれど実は、この場に集まった関係者に御曹司で副社長をつとめる大宮和樹《かずき》の結婚を発表するのが本当の目的らしい。大宮建設の後継者の妻になる女を値踏みするように、好奇心と嫉妬と羨望が混じった視線を向けられ足が震える。

思わず息をのむと、長い腕が私の腰に回った。エスコートするように腰を抱かれ顔を上げると、整った男らしい顔がまっすぐに前を向いているのが見えた。

「……笑え」

その人は、視線を前へ向けたまま私にだけ聞こえるようにささやく。

「必要なのは、美しく可憐な妻という名の飾りだ。その綺麗な顔に笑顔を浮かべて、ここにいる参加者たちに幸せそうな花嫁の姿を見せつけろ」

私の夫である和樹さんは端正な顔に優雅な笑みをたたえながら、冷たい声でそう言った。


生まれてから今日まで二十三年間、私は一度も恋をしたことがない。デートやキスどころか、異性と手を繋いだことすらない、恋愛経験ゼロの箱入り娘だ。そんな私、日野鈴花《ひのすずか》は、七歳年上のこの人と愛のない結婚をする。

今日から大嫌いなこの男の妻になる。

突然のお見合い

　都心の喧騒を忘れられる、情緒ある温泉街。その奥まった静かな場所に創業百五十年を超える老舗旅館『日野屋《ひのや》』がある。代々旅館を経営してきた日野家の長女として、超がつくほど頑丈な箱に入れられて大切に大切に育てられてきたのが、私、日野鈴花だ。


　小学校は地元の学校だったけれど、中学高校と由緒正しいお嬢様たちが集う名門私立に通わされ、アルバイトは一切禁止されていた。

進学した女子大は家から遠く通学が大変だから、大学の近くに部屋を借りてひとり暮らしをしたいと軽い気持ちで父にお願いしてみたこともある。けれど、許可すればこの世の終わりが来るのかと思うほどの勢いで、即却下された。

　授業が終わればまっすぐ家に戻り、過保護な両親と、今は亡き厳格な祖母のもとでお茶やお花などの習い事にいそしんだ。

　そのせいで異性と出会う機会はゼロで恋や青春を謳歌することもなく、ただひたすら地味に、清く正しい学生時代を過ごしてきた私。

そんな生活に正直不満もあったけれど。生活の全てを両親に頼っているお気楽な学生なんだから、それでもまぁ仕方ないと我慢もできた。だって、大学を卒業すれば、自由になれるって信じていたから。

地元から出て都会で就職して、自分の生活費を稼いで、ひとり暮らしをして、好きな人を見つけて恋をして――。誰にも干渉されない自由でバラ色の人生が待っているって、信じていたから。

それなのに。

「どうして就職しちゃいけないの？　私もう、二十三歳だよ⁉」

このやりとりを、いったい何百回繰り返しただろう。

「鈴花はもう立派に働いているだろう」

朝食を食べ終えた居間で、真剣な顔の私に向かって穏やかに笑うのは、日野屋の六代目主人で私の父だ。レトロなデザインの丸い眼鏡に白髪の混じる短髪。人の良さそうな丸顔に、少したれ気味の目は笑うと線のように細くなる。

確かに父の言う通り、私は実家が経営している旅館で女将見習いとして働いている。昨日も夜まで働いたし、今日は午後から仕事に出る予定だ。でも私が言いたいのは、そういうことじゃない。

「だから、私はこの旅館じゃなくて、違う場所で働きたいの！」

私がそう主張すると、白いワイシャツの上に日野屋という屋号と家紋が染め付けられた藍色の法被を羽織ろうとしていた父の肩が、しょぼんと落ちて小さくなった。

「鈴花は、日野屋が嫌いなのかい？」

まるで捨てられた子犬のようなさみしげな表情で見つめられ、思わず「ウッ」と言葉につまる。

「嫌いなわけじゃないけど……」

そう言いながら手を伸ばし、父の肩からずり落ちた法被を綺麗に直してあげた。

先祖代々受け継いできたこの旅館は市の有形文化財に指定され、長い時を経た今も現役で営業している。歴史と伝統を守り続ける家業に誇りも愛着もある。

「じゃあいいじゃないか。結婚するまでここで働けばいい。なんならお婿さんをもらって継いでくれてもいいし」

言いよどんだ隙に勝手に話を進める父に、私は眉間にしわを寄せて険しい表情を浮かべる。

「いーやーでーすー！」

お婿さんをもらって継ぐなんて、冗談じゃない。そもそも実家で暮らし、家業の旅館を手伝うだけの生活をしていたら、お婿さんになってくれるような相手と出会う可能性は限りなくゼロだ。

「だいたいこの旅館を継ぐのは、私じゃなくて隼人《はやと》でしょ」

隼人は私の三歳下の弟で、今は東京の大学に通っている。窮屈な実家を出て、ひとり暮らし。思う存分羽を伸ばして自由を満喫しているらしい。男と女とはいえ、姉弟でこの違いは理不尽すぎる。

「じゃあ隼人と鈴花のふたりで旅館を継げばいいよ」

「そんなの無茶でしょ」

「大丈夫だよ、ふたりは仲良し姉弟なんだから」

人が良くのほほんとした父にそう言われ、私は「そういうことじゃない！」と鼻にしわを寄せて抗議する。

「私は外の世界で自立したいの！」

「そんなことをされたら、お父さん心配で寿命が縮むよ」

「知らないよ、そんなの」

「じゃあ、鈴花はお父さんが早死にしてもいいのかい？」

またしてもしょんぼりした表情になる父に、私は唇を噛む。

「ぐぅうっ！」

だからその、捨てられた子犬の顔はずるいってば！

「あら、またケンカしてるの？」

私と父が向かい合って頬をふくらませていると、母があきれたように言いながら居間に入ってきた。

「ケンカじゃなくて、交渉です」

「いつもいつも大変ねぇ」

「そんな他人事みたいに言わないで、お母さんもお父さんを説得してよ！」

私がそう言うと、母はこちらを見て涼しげに眉を片方持ち上げた。

「こんなあまっちょろい父親ひとり言いくるめられなくて、ひとり立ちなんてできるわけがないでしょう。本当にこの家を出たいんなら、このお人好しを騙してでも脅してでも首を縦に振らせるくらいの根性と覚悟を見せなさい。そのくらいしっかりしたところを見せてもらえなきゃ、心配で自立なんてさせられないわ」

母に容赦なく切り捨てられた私が口をつぐむと、隣で父が「静香《しずか》さんかっこいい……」と頬を染める。

お父さんがお母さんにべた惚れなのはわかるけれど、あまっちょろいとかお人好しとか、軽く貶されていることに気づいた方がいいと思う。

「それより鈴花、帯頼める？」

そう言われ私はふくれっ面をしながらも、うなずいて帯を受け取る。

凛として美しい母は、和装がとても似合う。旅館の女将をつとめる母は、いつも着物姿で仕事をしている。私も旅館でお手伝いをするときは仲居のひとりとして着物を着るけれど、女将である母は纏う着物も彼女自身の気品も別格だ。

帯を素早くお太鼓結びにしてあげると、母は私を振り返って「ありがとう」と微笑んだ。

「さ、光雄《みつお》さん行きましょう」

そして父に目配せすると、背筋を伸ばし客室のある本館へと向かう。これからチェックアウトの時間になる。旅館の主人と女将としてお客様を見送るのだ。

そんなふたりの背中を見ながら、私は「はぁー」と大きなため息をついた。

ずっと清く正しい学生時代を送ってきた私は、大学卒業後は就職して実家を出るつもりだった。それなのに、超絶過保護な父にあの調子で反対されてしまったのだ。

ちょうど私の就職活動の時期に、旅館を取り仕切っていた大女将である祖母が亡くなってしまったのも、こうなった原因のひとつかもしれない。

祖父は私が幼い頃にすでに亡くなっていて、旅館の経営の全てが残された両親の双肩にかかることになったのだ。

祖母を亡くした悲しみと旅館を任された重圧で大変な両親を少しでも元気づけられればと、私は就職を一年遅らせ、旅館の手伝いをすることにした。

親孝行だと思ってしばらくの間は我慢して、父の気が済んだら今度こそ家を出よう。自分の生活費さえ稼げれば職種にはこだわらないし、贅沢も高望みもしないから、自立して質素で自由な生活を送るんだ。

そう思っているうちに、もうすぐ一年がたつ。一年たっても父はあの調子で、さすがに私も焦りを感じてきた。

まさか私は一生このまま過保護な両親の元、家業の手伝いをし続けるの……？ そんな未来を想像して首を左右に振る。

そんなの嫌だ。確かに歴史ある旅館を継ぐのも立派な仕事だけど、その役目は弟の隼人に譲りたい。そう思うのは、私が老舗旅館『日野屋』を継ぐ器じゃないから。

歴史を感じさせる大きな門をくぐれば、伝統的な日本建築がそびえ立つ。ロビーには格子状の高い天井に季節の花々を描いた色鮮やかな天井絵。客室からのぞめる美しい日本庭園に、金箔を用いて描かれた煌びやかな襖絵がある大広間。

そして檜を贅沢に使用した源泉かけ流しの温泉に、季節ごとに地元でとれる食材をふんだんに使い贅を尽くした和食でのおもてなし。

日常を忘れさせ、優雅な時間を過ごせることが売りの高級旅館の長女として育った私は、贅沢にも優雅さにもあまり興味がないのだ。

雅な器にもられた和食を美しいとは思うけれど、自分が食べるなら炊き立ての白いご飯に佃煮がのっているだけで十分幸せだし、父が買ってくれる高価な着物も帯も、実家の床の間に置いてある歴史ある掛け軸も、価値のある調度品も、正直どうでもいい。

それよりも私は実家を出て、小さなアパートにコタツを置いて、ＤＶＤを見ながら寝落ちしたり、真夜中の罪悪感を無視してカップラーメンを食べたり、ときには自炊をせずコンビニごはんで済ませたり。

そういうささやかで自堕落な日々を送ってみたいんだ！

そしてできるなら、恋だってしてみたい。

好きな人を見つけて恋人になって、手を繋いで一緒に歩いたり、頭をなでてもらったり、キスをしたり……。そんな妄想をするだけで、胸がときめき頬に熱が集まる。

実家暮らしで、老舗旅館の手伝いをしているだけじゃ、同年代の異性と出会う機会はない。このままじゃ恋をするのなんて一生無理だ。

私はきつくこぶしを握り、立ち上がる。居間から続く縁側の襖をあけ放って、外の空気を胸いっぱいに吸い込む。

「意地でもこの旅館なんて、継ぐもんか！　絶対に実家を出て行ってやるーっ‼」

この決意は固いんだと自分に言い聞かせるように、庭にある大きな松の木に向かって叫んだ。

自由でささやかで自堕落な夢のコタツ生活を手に入れるためにも、憧れの恋をするためにも、近い将来絶対にこの家を出て行ってやるっ‼

そうやって密かな野心を燃やす私に、とんでもない運命が待っていた。


「結婚……⁉」

驚きのあまり絶句する私の隣で、久しぶりに実家に帰ってきていた弟の隼人がものすごい剣幕で叫び両親を睨んだ。

話があるから居間に来なさいと呼ばれ、わざわざ改まってどうしたんだろうと不思議に思っていると、向かい合って座った両親から私の結婚の話を切り出されたのだ。

「姉ちゃんはまだ二十三歳だぞ？　なんでいきなり結婚なんて！」

隼人の怒鳴り声を聞きながら、私は呆然と自分の膝を見下ろしていた。

生まれてから一度も恋をしたことがない私が、結婚……。心の中でそうつぶやくと、目の前が暗くなった。

いつか家を出て、ひとり暮らしをして、そして恋をしてみたいと思っていたのに。この先に広がっていると信じていた自由な未来への道が、突然閉ざされたような気分だ。

そんな私の気も知らず、父は明るい笑顔で説明する。

「大女将が生前ご友人と、お互いの孫を結婚させられたらいいねと約束していたそうなんだよ」

「ばあちゃんが死んでからもう二年近く経つのに、今さらそんなふざけた口約束を持ち出してくるなんて、どうせ相手は自分で結婚相手も見つけられないバカ息子に決まってる。今すぐ断れよ！」

気色ばむ隼人に、両親が顔を見合わせた。

「バカ息子って、お相手は大宮建設の御曹司よ」

その予想外の言葉に、それまで息巻いていた隼人も黙り込んだ。

大宮建設といえば、国内有数の建設会社だ。そんな大企業の御曹司が、どうして私なんかとお見合いをするんだろう。

あきらかに不釣り合いな良家との縁談は、こちらに拒否権なんてないと言われているようで身がすくむ。

「大宮建設の先代の奥様がこの日野屋をご贔屓《ひいき》にしてくださっていて、大女将ととても親しくしていたそうなの。大女将が亡くなったと聞いて、昔交わした約束を守りたいと縁談を申し出てくださってね」

おばあちゃんがそんな約束をしていたなんて、まったく知らなかった。

「親友との約束で孫同士が結婚をするなんて、運命みたいにロマンティックなお話じゃない」

目を輝かせる母に、隼人がすかさず噛みついた。

「なにがロマンティックだよ。ばあさん同士の自己満足に、勝手に孫を巻き込むな。姉ちゃんだって顔も知らない男と結婚するのは嫌だよな⁉」

こちらを振り返った隼人の剣幕に驚きながら、私は慌ててこくこくとうなずく。

「でも、鈴花はいつもこの家を出たいと言っていたじゃない」

そんな私を見て、不思議そうに母がたずねてきた。

確かに何度もそう言っていたけれど、それは自分で働いて自立したいという意味で、お見合い結婚なんて微塵も望んでいない。

そう反論しようとすると、父がほんわかとした笑顔を浮かべる。

「それに、大宮建設がうちの旅館に資金援助をしたいと言ってくださってね。大女将が亡くなってから正直経営が厳しかったから、とてもありがたいお話だよ」

「なんだよそれ！　結婚と援助の話を同時に持ちかけるなんて、金で嫁を買う気満々だろ！　親父は金のために姉ちゃんを売るのかよ！」

「あら人聞きが悪いわね。あちらは大女将が守ってきた日野屋のためにって、ご厚意で支援を申し出てくださったのに」

「だいたい見合い結婚なんて、今どきありえねぇだろ！」

「あら、私と光雄さんもお見合い結婚よ」

「お見合いだけど、幸せだよねー」

父と母はそう言って見つめ合う。いい歳をしてラブラブでなによりです。仲の良い両親がこうやって私たちをあきれさせるのはいつものことだ。

確かに恋愛結婚でもうまくいかない夫婦はいるし、うちの両親みたいにお見合い結婚でも幸せな夫婦だって数えきれないくらいいる。だからお見合いが悪いなんて一概には言えないけれど。

でも、生まれてから二十三年間、一度も恋をしたことのない私にいきなり結婚しろなんて、ひどすぎない……⁉

そう反論するために私が口を開こうとすると、父ににっこりと笑いかけられた。

「もちろん鈴花が嫌なら、援助だけお願いしてお見合いは断ってもいいんだからね」

明るい口調でそう言われ、「そんなの、断れるわけないでしょ！」と思わず突っ込む。大企業の御曹司とのお見合いというだけでも我が家には不釣り合いな縁談なのに、旅館のために援助をしてくれるとまで言われたら、こちらから拒否できるわけがない。

私がそう言うと、聞いていた母が「鈴花は本当に真面目でお人好しよねぇ」とあきれたように肩を上げる。

「鈴花は前から家を出たいと言っていたけど、お人好しでおっとりとした鈴花がひとり暮らしなんて、悪い人にカモにされたり騙されたりするんじゃないかって心配だったんだ。でも大宮建設の御曹司と結婚するんなら安心かもしれないね、静香さん」

「本当よ。それにお相手の和樹さんは、お金持ちで有能なだけじゃなく、相当なイケメンらしいわよ」

「可愛い鈴花とイケメンの和樹さんが結婚したら、きっと子供は天使みたいに愛らしいだろうね」

「やだ。今から楽しみだわ！」

きゃっきゃと盛り上がるふたりに、隼人が牙をむくように怒鳴る。

「なにふざけたことを言ってんだよ！　男と手を繋いだこともない恋愛経験ゼロの姉ちゃんを勝手に結婚させせんな！」

「ちょっと、隼人。そんなこと大きな声で言わないでよ！」

デリカシーのない隼人の言葉に、私は顔をしかめながら抗議する。

二十三歳にもなって異性と手を繋いだことがないのは、私の密かなコンプレックスなんだから、そんな声高らかに言いふらさないでほしい。

「だって事実だろ？　姉ちゃんが旅館に来た客以外で同年代の男と話をしたのなんて、小学校が最後じゃねぇの？」

「確かにそうだけど……」

「小学校のときだってクラスのいじめっ子にからかわれて泣かされて、いつも女友達の後ろにかくれて、まともに男子と話したこともないだろ」

「ぐぅぅぅっ」

隼人は同じ小学校に通っていたから、私のことなんてなんでもお見通しだ。私は反論もできずに唇を噛む。

そんなやりとりをしていると、向かいに座る両親が微笑ましそうに目を細める。

「隼人は本当に鈴花が好きだねぇ」

「す、好きなわけじゃねぇしっ‼」

「いくらシスコンでも、姉の結婚を邪魔するのはどうかと思うわよ」

「シスコンって言うな！」

ぎゃーぎゃーとにぎやかな居間でぽかんとしたまま両親と隼人のやりとりを見守っているうちに、いつのまにか顔合わせのために東京に行くことまで決定していた。


旅館の敷地の裏側、隅の目立たないところに建てられた母屋は、客室のある本館ほどではないけれど、十分歴史を感じさせる立派な日本家屋だ。

私は自分の部屋に入り、後ろ手で襖をぴしゃりと閉める。ひとりきりになった途端、口からため息が漏れた。

「結婚……」

ぽつりとつぶやいて、その現実味の無さに心細くなる。

自分がこの歳で誰かと結婚することになるなんて思ってもみなかった。しかも、相手は国内有数の大企業の御曹司様なんて。

でも日野屋にとって、大宮建設の御曹司と私が結婚し親族になることは願ってもないチャンスだろう。


江戸時代から百五十年以上も続く日野屋の娘として暮らしている私には、創業者の血が流れていない。おっとりとした丸顔の父と凛とした和風美人の母、そして母に似て明るく快活な弟……そんな家族の中で私の外見はひとり違っていた。

白い肌に、色素の薄い瞳。地毛のままでも栗色の髪は、学生時代に『染めているんだろう』と先生に何度も注意された。

ここまでまったく両親と似ていないのは、私が本当の家族じゃないから。実の両親は、私が五歳のときに事故に遭い夫婦そろって命を落とした。私もその場に居合わせていたけれど、辛くも難を逃れ生き残ったらしい。

突然家族を失いひとりきりになってしまった幼い私を引き取り育ててくれたのが、実の両親の親友の父だったそうだ。

当時のことはぼんやりとしか覚えていないけれど、突然ひとりぼっちになってしまった心細さは今でも思い出せる。そして、そんな孤独な私にそっとよりそってくれた家族の温もりに、すごく安心して癒されたことも。

血の繋がっていない私のことを、実の息子である隼人と区別することなく、むしろ若干過剰なくらい大切にして愛してくれた父と母には本当に感謝している。

ただ、祖母の一周忌のときに、親族が顔を寄せ合い話しているのを聞いてしまったのだ。

『いつまでたっても鈴花ちゃんは実家から出ようとしないけど、まさか血の繋がっていないあの子に旅館を継がせる気なのか』と。『鈴花ちゃんが居座っていたら、隼人くんに跡取りという自覚が芽生えない』と。

分家の親族たちが私の存在を疎ましく思うのは、伝統を重んじる日野家を守っていくための当然の憂慮だ。

私はここにいちゃいけないんだ。ここは私の居場所じゃないんだから。お見合いの話をうければ、この家を出ていける。その上、大宮建設から資金援助もうけられる。

それが私のできる唯一の恩返しなんだ。

そうわかってはいるけれど、でも同時にやるせない気持ちも湧いてくる。

大宮建設の御曹司と結婚してしまったら、ずっと憧れていた恋もできない。顔も知らない人とお見合いをして、気に入られれば結婚をして、一生その人と暮らすことになるかもしれないんだ。

私は自分の部屋でひとり、顔を覆ってため息をついた。

＊＊＊

「副社長、失礼いたします」

執務室で仕事をしていると、秘書の穂積《ほづみ》が入ってきた。

「どうした？」

俺が顔を上げて問うと、彼は一瞬視線をそらす。幼い頃から幼馴染みのように育ってきた穂積がそのくせを出すのは、俺になにか後ろめたさがあるときだとすぐに気づく。

俺の秘書をつとめている岸田《きしだ》穂積は、ひとつ年上の三十一歳。

祖父の代から大宮建設に勤める岸田家は、経営陣の右腕として会社を支えてくれている親族のような関係だ。

『きっとなにか面倒な案件を持ってきたんだな』と察した俺が顔を曇らせると、彼は言いづらそうに口を開いた。

「幸恵《さちえ》様からご連絡がありました。話があるのでご実家に顔を出すようにと」

穂積の口から出た言葉は、想像していたよりもずっとやっかいな伝言で、俺は大きくため息を吐き出した。

「聞かなかったことにできないか」

「幸恵様のご伝言を無視できるわけがありません」

「お前が伝え忘れたことにすればいい」

俺がそう言うと、穂積に容赦なく睨まれる。

「わかった。この会話をそのまま幸恵様に伝えておくけど、いいな?」

すっかり仕事モードから友人モードに切り替わり乱暴な口調でそう言った穂積に、俺はうなだれながら「わかったよ」と悪あがきをあきらめる。仕事中は役員と秘書という関係だが、もともとは友人だったこともあって、この秘書は俺に容赦がない。

「それにしても実家に呼び出しなんて、いったいなんの用だろう」

「三十歳にもなって特定の相手もつくらず、仕事ばかりしている孤独な孫を心配しているんじゃないか?」

「孤独って勝手に決めつけるな。だいたいお前だって独身なんだから、人のことを言えないだろ」

険しい顔で反論する俺に、穂積はあきれたように肩を上げる。

「確かに俺も独身だけど、和樹と違って女性不信じゃないからね」

「俺は女性不信なわけじゃない。仕事の時間を割いてまで付き合いたいと思う女がいないだけだ」

「仕事を言いわけにしているだけで心から誰かを愛せないんだから、同じだろ」

そう言われ、むっとした俺が黙り込むと、穂積は仕事モードの口調に戻り話を切り上げる。

「では、用件はそれだけですので失礼いたします」

涼しい顔で頭を下げた穂積が執務室を出ていく。閉じられた扉を眺めながら、俺はひとりため息をついた。


国内有数の建設会社、大宮建設。その創業者である祖父は現在会長をつとめ、父が社長。そして副社長をつとめているのが俺、大宮和樹だ。実家に顔を出すようにと秘書を通して連絡してきたのは、創業者の妻である俺の祖母。

一代で大宮建設を大企業に成長させた祖父の功績の裏には、必死に支え奔走した祖母の存在がある。決して表に出ることのない彼女の功労は、父も俺もしっかりと理解していいるから、少しマイペースで時々ワガママな彼女の願いを無視することができないのだ。

そんな祖母から俺だけ呼び出されるなんて、いったいなんの用だろう。嫌な予感を抱えながらも仕事を終え実家へと向かう。

都心にあるとは思えないほど広い敷地の中に建つ三階建ての豪華な邸宅は、祖父が建てたものだ。今この広い家で暮らしているのは祖父と祖母のふたりだけだが、十二歳から高校を卒業するまでの数年間は、俺もこの家に住んでいた。

広いエントランスを抜け、上品なインテリアで統一されたリビングへ足を踏み入れる。ソファに座るのは、今年喜寿を迎えたとは思えないほど凛として若々しい姿の祖母だ。

「和樹さん。いいお話があります」

俺の顔を見た途端、待ち構えていた祖母が満面の笑みでそう言った。

こういう場合、祖母からいい話と言われた提案が、実際その通りだったことは一度もない。

「いい話って……」

「縁談ですよ、縁談」

俺があからさまに顔をしかめたのを完全に無視して、祖母はうきうきと話を続ける。

「菊《きく》ちゃんっていう私の大切な親友がいたんですけどね、二年前に亡くなってしまったのよ。彼女がいなくなって私もすっかり落ち込んでふさぎ込んでいたんだけれど、そういえば昔、お互いの孫を結婚させたいわねって約束していたのを思い出してね」

その孫ってまさか俺のことか。自分のまったくあずかり知らぬところで、そんな勝手な約束が交わされていたことに、めまいを覚える。

「その菊ちゃんのお孫さんは鈴花ちゃんと言うのだけれどね、とーーーっても可愛いお嬢さんなのよ。雪のように色が白くて目がぱっちりとしていて、お人形さんみたいに可憐でね」

そう言いながら写真を取り出し、テーブルの上に広げて見せる。そこに映っていたのは、華やかな振袖姿のひとりの少女だった。確かに祖母が言うように、色が白く整った顔をしていた。生まれつき色素が薄いのか、茶色がかった瞳がどこか物憂げで、思わず目を奪われる。

けれど……。

「彼女と俺が結婚するには歳が離れすぎていると思うんですが」

あどけなさの残る笑顔。いったい彼女はいくつなんだ。

眉をひそめた俺を安心させるように、祖母はにっこりと微笑む。

「大丈夫ですよ。これは今の彼女ではなく、成人式のお写真を借りただけですから」

ということは、今の彼女はもっと歳を重ねているということか。少し安心したところに、祖母が付け加えた。

「このお写真は三年前で、今は二十三歳のはずよ」

「やっぱり若すぎますよ」

追加情報を聞いてすぐさま拒否する。

俺との歳の差は七歳。悪いが、大学を出たばかりの世間知らずのお嬢さんを妻にするつもりはない。

「和樹さん、あなたちゃんと目がふたつついているの？　こんなに可愛らしいお嬢さんと結婚できるっていうのに、少しも心を動かされないなんてどうかしてます」

「残念ですが見栄えがいいだけの女性なら、見飽きてますから」

大企業の後継者として生まれたせいもあって、俺は女性に不自由したことはなかった。向こうから声をかけてくるのはたいてい自分の容姿に自信を持っているタイプで、モデルや女優を紹介されることも少なくない。けれど美しい笑みを浮かべる彼女たちの皮を一枚めくれば、大宮建設の御曹司という地位と金に目がくらんだ欲望の塊だということにも気づいていた。

きっとこの清純そうな可愛らしい少女も、今頃大宮家との見合いを成功させ縁談を結ぶために野心を燃やしているに違いない。

そう考えるだけでうんざりして大きなため息をつく。

そんな気乗りしない態度の俺を、祖母は「和樹さんは本当に可愛げがなさすぎです！」と憤慨しながら睨む。

それでも涼しい顔をしていると、祖母はゆっくりと視線を落とし写真の中の少女を見つめた。

「……なぜか大宮家は昔から男系で、子供も孫もやたらにたくましい男ばかり生まれて。愛らしい孫を愛でて甘やかして可愛がりたいという私のささやかな願いはどうやったって叶わないのかしら」

祖母は写真を見下ろしながら目元を押さえる。どうやら今度は泣き落とし作戦らしい。

「この子が和樹さんのお嫁さんになったら、お買い物に行って素敵なお洋服をたくさん買ってあげたり一緒にランチしたり旅行に行ったり、とことん甘やかして可愛がってあげられるのに……」

目じりをハンカチで押さえる祖母を、冷たい視線で眺める。

そんなくだらないほど個人的な願望を叶えるための道具になる気はさらさらない。

祖母は表情ひとつ変えない俺をちらりとうかがうと、泣き落としをあきらめたのかぴんと背筋を伸ばす。

「それに、無二の親友との大切な約束も守れないなんて、申し訳なくてあの世で菊ちゃんと顔を合わせられないわ」

「大切な約束って、つい最近まですっかり忘れていたんですよね？」

矛盾点をつっこむと、祖母は少しも動じず、すました顔で微笑む。

「すっかり忘れていたところに、日野屋の経営が危ないって噂を聞いて、この約束を思い出したんです。これはきっと天国の菊ちゃんが私に助けを求めているんだとぴんときましてね」

「なんですか、その日野屋って」

「菊ちゃんが大女将をつとめていた老舗旅館ですよ。菊ちゃんが亡くなってから経営が思わしくないようで、縁談のついでに支援を申し出たんです」

「なにを勝手に」

縁談のついでに支援を申し入れるなんて。それじゃあまるで、金をやるから娘をよこせと迫る悪代官のようだ。

「あら、この縁談に不満があると言うなら、ほかに結婚したい女性がいるんですか？」

そう問われ、ぐっと言葉につまった。

もともと恋愛にも結婚にも興味がなかったうえに、ここ数年は海外事業拡大のために東アジアを拠点に仕事をしてきた。半年前に日本に戻り、大宮建設の副社長に就任したばかりのこの重要な時期に、女に割く時間なんてあるわけがない。

俺が心の中で言いわけをしながら目をそらすと、祖母は勝ち誇ったように微笑む。

「ちょうど来月に大宮建設の創立五十周年記念パーティが開かれます。そこであなたの結婚を発表すればいいわ」

「いくらなんでも急すぎるのでは」

「急すぎることなんてありませんよ。和樹さんが結婚すれば〝あのこと〟も丸く収まるでしょう？　結婚は早ければ早い方がいいに決まってます」

「それは……。確かにそうですが」

ダメ押しのように付け足され、俺は反論をあきらめため息をついた。

確かに俺が結婚すれば、〝あの厄介な問題〟もことを荒立てずに穏便に済ませられる。

「鈴花ちゃんはおばあさまの菊ちゃんの元で幼い頃から厳しくしつけられ、大切に育てられてきたそうよ。由緒ある老舗旅館のお嬢様なら、大宮家の嫁としても申し分ありません」

礼儀作法も知性も気品も兼ね備えたお嬢様。しかも相手は経営に行きづまり援助を必要としている。

「こちらは俺が結婚しているという既成事実が欲しい。相手は旅館への資金援助が欲しい。お互いの利害が一致した、いわゆる契約結婚ですね」

俺が納得してそう言うと、祖母は嫌そうに顔をしかめた。

「利害って。和樹さんはそういうロマンのないことを言うから、素敵な恋ができないんですよ。せっかく端正な顔立ちをしているのに、仕事ばかりでまともな恋愛もしないで。イケメンの無駄遣いとはこのことですね」

イケメンの無駄遣いって。いったいそんな言い回しをどこから覚えてくるんだとあきれる俺をよそに、祖母はうきうきと嬉しそうに見合い相手の写真を見下ろしていた。

最悪の第一印象

都内の高級ホテルで行われることになった大宮建設の御曹司との顔合わせ。一緒についていくという両親の申し出を、旅館を営む我が家がそろって出かけるわけにはいかないからと断り、私ひとりでやってきた。相手方もご家族は同席せずふたりだけで会う予定だ。

高いビルが立ち並ぶ街並みと慣れない人ごみに圧倒された私は、目的のホテルにたどり着いたときにはもうぐったりと疲れ切っていた。

ロビーのすみにあるソファに座り、腰に巻かれた帯をさすりながらため息をつく。

今回は一応お見合いという形らしいけれど、実質こちらに拒否権はない。ただ相手に値踏みされるために来たようなものだ。

緊張のせいかそれとも心細さのせいか、胃のあたりがなんだか苦しい。

ダメだ。しっかりしなきゃ。これから結婚相手との顔合わせなんだから。

お相手は私より七歳年上の、大宮和樹さん。昨年までは海外事業拡大のために中国を中心とした東アジアで手腕を奮い、その成果を認められ半年前に帰国し、大宮建設の副社長に就任したばかりらしい。

教えられた情報を思い出しながら、いったいどんな人なんだろうと想像する。いくら御曹司だとはいえ、海外での成果を認められ三十歳という若さで大企業の副社長になるほどだから、仕事ができる有能な人なのは間違いないんだろうけど……。

お見合いなら事前に釣書や写真をもらうのが普通らしい。でも今回は、相手は祖母の昔からの友人だということでその辺は省略された。元々こちらに拒否権はないんだから、わざわざ用意する必要はないと判断されたのかもしれない。

両親に過保護に育てられてきたせいで、二十三年間一度も恋をしたことがない私。顔も知らない相手とお見合い結婚をするんだと思うと、どんどん気持ちが沈んでいく。

相手がどんな方かわからないけれど、せめて優しい人だといいな。

なんて願いながらもう一度ため息をついたとき、頭上から「大丈夫か」と艶のある声が聞こえた。

一瞬誰に向けられた言葉かわからず、きょとんと眼を瞬かせる。顔を上げると、私の座るソファの横にひとりの男性が立っていた。

スーツ姿の精悍な印象の、大人の男の人。

私より年上なのは間違いない。きっと三十歳くらい。端正な顔立ちに意思の強そうな瞳。艶のある黒髪を自然に横に流し、上質なスーツを身に纏った彼は、いつまでも返事をしない私を見下ろしながら、小さく首をかしげた。

「顔色が悪いが、着物が苦しいのか？」

帯のあたりに手を当てた私を見て、眉を寄せながらそうたずねる。

「え？」

「ホテルのスタッフに言って、帯を少し緩めてもらおう」

私がぽかんとしているうちに、彼はそう言ってあたりを見回した。ホテルのスタッフを呼ぼうとしているのだろう。

「あの、大丈夫です！　着物が苦しくて具合が悪いわけではないので」

「無理をしなくていい。そんなに体にぐるぐる巻きつけているんだから、窮屈なのは当然だ」

言いながら彼は私の着ている着物を見下ろす。私が今日着ているのは、淡い桃色の地に大輪の白い牡丹や松の文様が入った美しい振袖だ。

今日みたいな華やかな振袖は特別なときにしか袖を通さないけれど、旅館に立つときは女将見習いとしてシンプルな付け下げを着て仕事をしている。

日常的に和服を着ているから、帯を締めすぎて具合が悪くなるようなことはない。

「着物は普段から着ていますので、慣れていますから」

ソファから立ち上がりそう言うと、彼の視線が私に戻る。すると、彼の唇がわずかに開き感心したようなため息が漏れた。

そのため息を不思議に思い小首をかしげた私は、正面に立つ彼の背の高さに驚いた。

私は小柄なほうだけど、それでも彼はかなり身長が高い。きっと、百八十センチ近くありそうだ。男らしい精悍な顔立ちに、モデルのような長身。さすが東京。都会にはこんなにかっこいい人がいるんだなぁ、なんて感心してしまう。

それにしても、さっきから彼に値踏みするような視線を向けられている気がして、なんだか落ち着かない。

私のこの格好が、どこか変だろうか。それとも……。

「もしかして、どこかでお会いしたことがありましたか?」

私がそうたずねると、涼しげで端正な顔に驚きの表情が浮かんだ。

「俺の顔も知らないでここへ来たのか?」

「え?」

自分の顔を知らない私に、彼は驚いているようだ。ということは、もしかしたらこの人は有名人なんだろうか。

確かに整った外見をしているし、人を引きつけるようなオーラもある。俳優さんか、モデルさんなのかもしれない。

「す、すみません。普段テレビをあまり見ないので、芸能人にうとくて」

慌てて言いわけをすると、私を見下ろす彼があきれたようにため息を吐き出した。

「謝らなくていい。どうせ資産や肩書きが目的で、相手は誰だろうが関係ないんだろう」

侮蔑《ぶべつ》の込められた冷ややかな言葉に、驚いて目を瞬かせた。

この人は、いったいなんのことを言っているんだろう。

「あの……？」

「好きでもない見合い相手に気に入られるために、わざわざ綺麗に着飾って遠くまでやってきて。金のためとはいえ大変だな」

そう言って、綺麗な口端をわずかに上げて笑う。その傲慢な言葉にかちんときて、顔を上げ彼を睨んだ。

「どうしてお見合いのことを知っているのかは存じませんが、あなたに貶される筋合いはありません」

私がどんな思いでここにやってきたかも知らないで、勝手なことを言わないでほしい。

両親に恩返しをするために、歴史ある旅館を守るために、恋も自由な生活も全てあきらめる覚悟をしてここに来たのに。

「筋合いはあるだろう。俺がその見合い相手なんだから」

そう言われ、目を見開いた。

この人が、私のお見合い相手の、大宮和樹さん……？

モデルのような整った外見の魅力を一気に相殺してむしろマイナスになるくらい、傲慢で偉そうな態度のこの人が⁉

驚きで言葉が出ずに口をぱくぱくさせている私を、彼は冷然とした視線で見下ろしていた。

「あ、あの。私お見合いの写真を見ていなかったので……」

「今さらとりつくろわなくていい。興味があるのは俺の地位と財産だけで、自分の結婚相手がどんな顔か知る必要もないんだろう」

「ちが……っ！」

私がお相手の顔を知らなかったのは、そっちが釣書も写真も渡してくれなかったからだ。それなのに、どうしてこんな失礼なことを言われなきゃいけないの⁉

彼の傲慢な態度に絶句していると、「なんだよお前！」と私の背後から誰かが怒鳴った。

「さっきから黙って聞いてれば、失礼なことばっかり言って。人を馬鹿にしてんのかよ！」

聞き覚えのある声に慌てて後ろを振り向くと、そこには怒りの表情を浮かべる弟の隼人がいた。

「隼人、どうしてここに……？」

驚いて目を見開く私に、隼人は眉間にしわを寄せてぶっきらぼうに言う。

「ひとりで顔合わせのために東京まで来るって聞いたから、心配でじっとしていられなくて」

「隼人……」

わざわざ顔合わせの会場を両親から聞き出して、様子を見に来てくれたんだろう。私のことを心配してくれる優しい弟に、胸が温かくなった。

思わず顔をほころばせた私を見て、和樹さんは軽蔑するように低い声でつぶやく。

「顔合わせの場に、男連れで来たのか」

「え？」

意味がわからなくて瞬きをすると、和樹さんは私と隼人のことをぞっとするくらい冷ややかな目で見ていた。

「まぁ、お互いの利害のための結婚に恋愛感情は必要ないのだから、男がいても別にかまわないが」

さっきから、彼の言っていることがよくわからなくて、私は混乱したまま首をかしげる。

「ただ、大宮家の結婚相手が金のためなら誰とでも寝る尻の軽い女だなんて噂をたてられては迷惑だ。男と遊ぶなら人目につかないようにわきまえてくれ」

「……は？」

予想もしない言葉に驚いて、頭が真っ白になった。

誰とでも寝る尻の軽い女って。なにを勘違いしているのか知らないけれど、私は男の人と手を繋いだこともないのに……！

「再来週開かれるパーティで結婚を発表して、お前は俺の妻になる。夫婦になったとしてもお前を抱く気も愛する気もないから恋人をつくるのはかまわないが、大宮家の嫁としての自覚を持つように。いいな？」

和樹さんは呆然とする私にむかって一方的にそう言うと、踵を返して歩き出す。

結婚の発表って、しかも再来週って!

私の気持ちは完全無視の傲慢な命令に、怒りが湧いてきた。

反論しようと口を開きかけたとき、和樹さんと同年代くらいのスーツ姿の男の人がこちらに近づいてきた。

「副社長。こんなところにいたんですか」

和樹さんに向かってそう言った彼は、すぐそばに私たちがいるのに気づき、穏やかな笑みを浮かべ会釈をしてくれる。

彼は秘書さんなんだろうか。礼儀正しい彼を見て、失礼で傲慢な和樹さんも少し見習えばいいのにと心の中で悪態をつく。

「帰るぞ」

短く言った和樹さんに、スーツの男性が「はい」と返事をしかけてから目を丸くした。

「帰るぞって……。顔合わせは?」

「結婚相手の顔は見て、最悪の女だということは理解したからもう十分だろう。必要だから結婚はするが、顔をつき合わせて食事をするなんて時間の無駄だ」

きっぱりと言い切った和樹さんに、秘書らしき彼は天井をあおぎ「あちゃー」というように額に手を当てる。

最悪の女って、私のこと……？

呆然とする私をちらりと一瞥すると、すぐに前を向き去って行こうとする和樹さん。その後ろ姿に向かって、私の隣にいる隼人が叫んだ。

「お前、ふざけんなよ！　なにも知らずに最低女呼ばわりしやがって！　お前みたいな傲慢で失礼な男と結婚なんてさせられるか！」

すると、和樹さんの足が止まった。

「断る権利がそちらにあると思っているのか？」

振り返った彼の冷ややかな表情に、気色ばんでいた隼人はぐっと息をのむ。

「日野屋の経営状態を調べさせてもらった。先代の大女将が亡くなった後、常連客の足は遠のき銀行からも融資を渋られ、相当苦しいそうじゃないか」

その言葉に、隼人とふたり顔を見合わせた。その様子を見て和樹さんはあきれたように鼻で笑った。

「自分の実家の状況も知らずに契約結婚を断ろうとするなんて、ずいぶんのん気だな。このまま経営を続けても業績を回復させる見込みはないし、旅館を畳んで土地や建物を全て手放したとしても借金を清算するのが精いっぱいで、従業員に退職金を渡すのも難しいだろうな」

日野屋の経営が順調と言えないことはわかっていたけれど、そこまで切迫しているとは知らなかった。

青ざめた私を見て、和樹さんは短く笑う。

「旅館を守りたいなら、大人しく俺の妻になれ」

私を人とも思っていないような傲慢な命令に、言葉をなくす。和樹さんは低い声でそう言い放つと、こちらの返事も待たず背を向け歩き出した。

その背中に向かってなにか言い返したかったけれど、なにも思い浮かばずただ唇を噛んだ。ロビーに取り残され立ち尽くす私に気づいた秘書さんは、慌てたように頭を下げた。

「副社長が大変失礼いたしました。秘書の岸田穂積と申します」

そう言って差し出された名刺を、呆然としながら受け取る。

「今回の非礼は改めてお詫びいたしますので、今日はこれで失礼させていただきます」

私と隼人に名刺を渡すともう一度頭を下げ、彼は和樹さんの後を追って去っていった。

ふたりの姿が見えなくなってから、私と隼人は力なく顔を見合わせた。

どうやら私はあの傲慢で冷血な男の妻になるしかないらしい。

＊＊＊

会社の執務室で資料に目を通しながら、無意識のうちに自分の結婚相手のことを思い出していた。

先週末。俺が見合いまでの時間を持て余してホテルの中を歩いていると、ロビーの隅にいる着物姿の彼女を見つけた。モダンなソファに軽く腰をかけ、背筋を伸ばして庭を眺めるその姿があまりにも絵になっていて思わず見惚れた。祖母に見せられた成人式のときに撮ったという写真よりも、いくぶん大人びた横顔。

両親は家業の旅館があるため、今日は彼女ひとりで見合いに来ると聞いていたけれど、さすがに心細いのだろうか。長い睫毛がふせられ、小さな唇から吐息が漏れる。その初々しい緊張感が、彼女の可憐さをより引き立たせているような気がした。

けれど見惚れているうちに、彼女の顔色がすぐれないのに気がついた。どこか苦しいのかもしれない。胃のあたりを押さえ、うつむいている。

見合い前に声をかけるのはマナー違反だろうか、なんて思いながらも心配になって近づく。

『顔色が悪いが、着物が苦しいのか？』

そう問うと、顔を上げて俺を見た彼女がきょとんとした表情を浮かべた。

『着物は普段から着ていますので、慣れていますから』と言って立ち上がった彼女を見て、一瞬息をのんだ。

ただソファから立ち上がっただけ。それだけなのに、振袖姿の彼女の美しい所作や優雅なたたずまいに、思わず見惚れてため息が漏れた。

確かに祖母が絶賛するように、愛らしい女性だった。

上品で可憐で儚げで……。美しい女性は見慣れているはずなのに、彼女を前にしただけで胸がつまるような気がした。そんな自分の心の動きに驚く。

けれどその可憐さは外見だけで、中身は最悪だということにすぐに気づいた。

見合い相手の俺の顔も知らず、恋人の男があらわれると慌てるどころか嬉しそうに顔をほころばせた。

純真そうな姿とは反対に、恋人がいるのに金のために俺と結婚しようとしている欲の深い女。その外見だけで、ほだされそうになった自分が情けない。

思い出すだけでむかむかしてきて、その苛立ちを頭から追い払うように首を左右に振る。

創業五十周年記念のパーティは来週。俺に必要なのは、美しく見栄えのいい妻という飾りだ。愛なんて必要ないのだから、あの女がどんな本性をもっていようが関係ない。

そう自分に言い聞かせ、ため息をついた。

愛のない相手と結婚発表パーティ

控室の大きな鏡の前で、私は緊張で身を硬くしながら着物の着付けをしてもらっていた。

普段から和服を着慣れているけれど、今日用意されたのは私が持っているものとは比べ物にならないほど高価な振袖だ。

深みのある紅色の地に幾重にも開いた花びらが美しい牡丹や縁起のいい松竹梅、雅な扇や御所車が配された絢爛豪華な手描き友禅。金糸をふんだんに使った吉祥柄の帯と合わせれば、高級車が余裕で買えてしまうほどの値打ちがあるだろう。

急な結婚発表の場にこんなに高級な着物を用意してくれるなんて、改めて大宮家の財力を思い知った。

ホテルのスタッフに着付けしてもらい、背中まである髪を結いあげる。いつもは自然に下ろしている前髪を斜めに流し、耳の後ろに真っ白な大輪のダリアを一輪差し込まれ鏡を見る。

「素敵……」

そこに映る華やかに着飾った自分の姿に息をのんだ。こんなに豪華な着物に袖を通すなんて、普通なら一生できない経験だ。贅沢に興味のない私でも、最高級の振袖の美しさにさすがに気持ちが高揚してしまう。

これで和樹さんと顔を合わせずに済むなら、最高なのに。

私はこれから大宮建設の創立五十周年記念パーティに参加し、和樹さんとの結婚を発表する。そう考えるだけで、気持ちが重くなってきた。

秘書の穂積さんを通してやりとりをしてきたけれど、和樹さんとはあの最悪の顔合わせ以来一切、直接の連絡を取っていなかった。

きっと顔を合わせたら、また初対面のときのように傲慢な態度で嫌味を言われるんだろうな。憂鬱な気分でため息をつくと、控室の扉がノックされた。

「失礼します」と入ってきたのは、ひとりの男の人。

「あ、穂積さん……」

和樹さんの秘書の穂積さんだ。

彼は私を見て、「これは、とても美しいですね」と褒めてくれる。

「素敵なお着物を用意してくださって、ありがとうございます」

頭を下げた私の後ろで着付けやメイクを担当してくれた女性のスタッフさんも微笑

んだ。

「本当に素敵ですよね。色白の肌に真紅の着物が映えて、お人形さんみたい」

「もう少し口紅の色を濃くしましょうか。緊張のせいか若干顔色が悪く見える」

「そうですね」

穂積さんとスタッフがそんなやりとりをする。

「口紅を塗りなおしますので、こちらを向いていただけますか？」

うなずくと、スタッフの女性が私の顎に手を添え、軽く上を向かされる。口紅を取った筆で唇をなぞられていると、また控室の扉が開いた。

誰だろう。そう思ったけれどメイクの最中で振り返ることができず、鏡越しに背後を見やる。

するとそこにいたのは、驚いたような表情でこちらを見つめる和樹さんだった。和装の私とは違い、和樹さんは三つ揃えのブラックスーツに光沢のあるシルバーグレーのネクタイを締めていた。髪は緩くセットされていて、整った凛々しい顔がより際立って色っぽい。

無造作に片方の手をパンツのポケットにひっかけ、もう片方の手でドアノブを握った態勢のまま、まっすぐにこちらを見つめる和樹さんに落ち着かない気分になる。

思わずうつむこうとすると「もう少しですから、動かないでくださいね」とスタッフの女性に言われ、慌てて背筋を伸ばした。

その間も和樹さんは無言のままじっと私のことを見ていた。ゆっくりと動く筆が私の唇の輪郭を縁取る。その様子を彼に見られているかと思うと、勝手に頬が熱くなっていく。

「鈴花さん、とても綺麗ですよね」

秘書の穂積さんが和樹さんに声をかけると、彼はようやく我に返ったようにドアノブを握る手を離した。

「なんでお前が俺より先に控室にいるんだ」

穂積さんが自分より先に私に会ったことが不満だというように、和樹さんが不機嫌な声で言う。

「なんでって、和樹がいつまでたっても鈴花さんに挨拶をしようとしないからだろ」

「だからって、勝手に行くか普通」

秘書の彼が和樹さんと対等に言い合う様子に驚いていると、私の表情に気づいた穂積さんがこちらに笑いかけた。

「私と副社長は、昔からの幼馴染みなんですよ」

「そうなんですか……」

「副社長に不満があるときは、遠慮なく私におっしゃってくださいね」

私がきょとんとしていると、和樹さんは不機嫌を隠さないしかめっ面で穂積さんのことを睨む。

「さぁ、お支度は済みました」

そう言ってスタッフの女性が私の顔から手を放し、立ち上がりやすいように椅子を引いてくれた。

「ありがとうございました」とお礼を言って椅子から立つ。

そして改めて和樹さんに向かい合うと、彼が息をのんだのがわかった。ゆっくりと瞬きをして、私のことをじっと見つめる。和樹さんのまっすぐな視線が熱を帯びていくような気がして、私の頬まで熱くなる。

意志の強そうな切れ長の目に、端正な顔立ち。フォーマルなスーツをまとった彼は色っぽくて、ただ見られているだけなのに勝手に鼓動が速くなった。

私は今日、たくさんのパーティの参加者の前でこの人との結婚を発表する。結婚式や披露宴はとりあえず後回しにし、入籍だけ済ませ都内のマンションで一緒に暮らしはじめる予定だ。

私は、この人の妻になるんだ。

そう思うだけで、緊張と不安でごくりと喉が鳴った。愛のないお互いの利益のための契約結婚。こんな一方的で強引な結婚に少しも納得していないけれど、これから一緒に暮らすんだから、まずはきちんと誤解をといておかないと。

最悪の顔合わせの後、冷静になって彼とのやりとりを思い返した私は、和樹さんが突然あらわれた隼人のことを、私の恋人だと勘違いしているんじゃないかと気がついた。

恋人ではなく弟だと説明すれば、和樹さんの誤解もとけるはず。

「和樹さん。あの、顔合わせのときにいた隼人のことですが」

私がそう言うと、和樹さんの表情が変わった。私を見つめていた視線から温度が消え、冷ややかな態度でこちらを見下ろす。

「隠れて付き合うなら恋人がいてもかまわないと伝えたはずだ。今さら言いわけをする必要はない」

「言いわけではなくて……」

「俺が必要なのは結婚しているという既成事実だけだ。お前がどんな女だろうと興味がない」

ばっさりと切り捨てられ、目を見開いた。

興味がないって……。偽りとはいえ、これから結婚生活を送る相手に向かってその偉そうな言い方！　彼の失礼な態度に、一気に頭に血がのぼる。

「興味がないなら、どうして私と結婚するんですか？」

気が付けば勝手に口が動き、きつい口調で彼を問い詰めていた。

「どうしてとは？」

「大宮建設の御曹司なら、いくらでも結婚したいという女性はいますよね？　私がお気に召さないのなら、あなたに好意を寄せるほかの女性を妻にすればいいじゃないですか」

和樹さんを睨みながらそう言った私に、彼は表情ひとつ変えることなく口を開いた。

「契約結婚に恋愛感情は必要ない。子供をつくりたいとも、誰かを愛したいとも思わない。無駄に俺に好意を寄せて言い寄ってくる女よりも、お前のように俺を嫌っている女を妻にしたほうが面倒がなくて都合がいいだろ」

……この人は本当に、結婚になんの夢も希望も抱いていないんだ。その冷淡な言葉に、頭から冷水を浴びせられたような気がした。こんな男と結婚するなんて、きっとこれからの私の新婚生活は最悪なものになるだろう。

そう思っていると、和樹さんはこちらになにか小さなものを放り投げた。

慌てて両手を出して受け止めると、私の手の中には美しいダイヤが並ぶプラチナの指輪があった。

「愛がないとはいえ夫婦に指輪は必要だろう。薬指にはめておけ」

その豪華な輝きに息をのんだ私に向かって、和樹さんは淡々とした口調でそう命令する。本来は愛を誓う幸せの象徴である結婚指輪を、まるで手錠をかけるような気持ちで自分の左手の薬指に通した。


広く豪華なバンケットルームでたくさんの人たちに次々に挨拶をされ、私は目が回りそうだった。そんな私の横で顔色ひとつ変えることなく、堂々と対応する和樹さんをちらりと見上げる。

「和樹くんにこんな美しい恋人がいるなんて知らなかったよ。突然結婚発表なんて、なにか理由でも?」

そう問いかけるのは、少し太めの中年男性。彼は私の全身をなめるように見つめ、なにか言いたげに含み笑いを浮かべる。

その遠慮のない視線に思わず一歩後ずさると、隣にいる和樹さんが私のことを抱き寄せた。驚いて顔を上げると、彼が私のことを見下ろしてわずかに微笑む。

「理由なんてありません。魅力的な彼女がほかの男に取られないように、はやく自分のものにしたかっただけですよ」

魅力的なんて！　自分のものにしたかったなんて！　普段の彼からは想像もできないような甘い言葉に一気に頬が熱くなる。

真っ赤になって目を見開いた私に、和樹さんは耳元に口を寄せ小さな声でささやいた。

「ほら。さっさと愛されている花嫁らしく、幸せそうに笑え」

私だけに聞こえるようにそう言われ、一気に頭が冷える。一瞬でもドキドキした自分が悔しい。気を取り直し和樹さんのことを見上げると、私はこくんと息をのんでから口を開いた。

「……そんな心配をなさらなくても、私は和樹さん以外の男の方によそ見なんてしませんから」

恋愛経験ゼロの私は幸せそうな作り笑いを浮かべられるほど器用じゃなくて、顔を真っ赤にしながら必死にそう言う。

すると和樹さんが一瞬虚を突かれ、言葉につまったように見えた。こちらに背を向けてしまった和樹さんに首をかしげていると、それを見ていた中年男性が声をあげて笑った。

「これは見ているこっちが照れてしまうくらいラブラブですな！　いやぁうらやましい」

満足して去っていく彼の後ろ姿を眺めながら、和樹さんは私の耳元でため息をつく。

「恋人がいるくせに、よくも白々しくあんなことを言えるな。本性を知らなかったら騙されてしまいそうだ」

「し、白々しいって！」

和樹さんが幸せそうな妻のフリをしろって言うから頑張っているのに！　それに、和樹さんが勝手に勘違いしているだけで、恋人なんていないし！

ふたりで睨み合っていると、萌黄色の色留袖を着た上品な年配の女性がこちらにやってきた。

「鈴花ちゃん、本当に可愛いわぁ……！」

感激したようにそう言いながら、笑顔で両手を広げ、私をぎゅーっと抱きしめる。

突然のことに私が驚き戸惑っていると、和樹さんは「幸恵さん、挨拶もせずに抱きつくなんて非常識ですよ」とあきれた顔をした。

和樹さんの言葉を聞いた彼女は、困り顔の私に気づいて「あら、ごめんなさい」と笑顔を浮かべながら腕を緩めてくれた。

「はじめまして鈴花ちゃん。和樹の祖母の幸恵です。おばあちゃんって呼ばれるのは嫌いだから、幸恵と呼んでくださいね」

この人が祖母の親友だったという大宮家の大奥様なんだ。

パーティがはじまったときに社長をつとめるお父様や会長のおじい様には紹介してもらったけれど、和樹さんのおばあ様にはご挨拶できていなかった。

三十歳になる孫がいるとは思えないほど若々しく上品なたたずまいに見惚れそうになる。

「はじめまして。鈴花と申します」

私が頭を下げると、またぎゅーっと抱きしめられる。

「あぁ、こんなに可愛らしい女の子と和樹さんが結婚するなんて、本当に嬉しいわ！鈴花ちゃんは和樹さんの妻で親友の菊ちゃんの孫なんですから、本当の家族だと思ってたくさん私に甘えてくださいね」

「甘えるなんて、そんな……」

傲慢な和樹さんと血が繋がっていると思えないほどフレンドリーな幸恵さんに、少し面食らってしまう。

「鈴花ちゃんは覚えていないと思うけれど、私たちは何度か会ったことがあるんですよ」

「そうなんですか?」

「鈴花ちゃんがまだ小さな頃、日野屋に泊まってご挨拶したり、あと菊ちゃんの葬儀のときも見かけたわ」

その言葉に、私は背筋を伸ばして頭を下げた。

「祖母が生前大変お世話になりました。わざわざ遠いところまで葬儀に来てくださったのに、きちんとご挨拶もできず失礼しました」

「あらあら、そんな頭を下げなくてもいいんですよ。私は今、菊ちゃんとの約束が果たせて本当に嬉しいんですから」

「祖母との約束……」

「お互いの孫が大人になったら結婚させたいわねって話していたんです。和樹さんと鈴花ちゃんのふたりなら、きっと幸せな家庭を築けるって」

その言葉に、ちらりと和樹さんのことを横目で見る。

和樹さんは私たちから少し離れたところで、招待客の男性たちに囲まれなにか話していた。きっと仕事の話でもしているんだろう。その整った横顔には愛想笑いひとつ浮かんでいない。

あんな傲慢で頭の固い男の人と結婚しても、幸せな家庭を作れるとは思えないんだけど。そもそも和樹さんは結婚になんの希望も理想も持っていないようだし……。なんて思っていると、私の気持ちを見透かしたように幸恵さんがくすりと笑う。

「和樹さんは少し不愛想で不器用ですけど、根は悪い子ではないんですよ」

和樹さんへの不満が顔に出ていたことに気づいて、慌てて「いえ」と首を横に振った。

「小学生のときに母を亡くして、少しひねくれてしまってね」

そう言いながら、どこか寂しげな表情で和樹さんを眺める幸恵さん。和樹さんは幼い頃にお母様を亡くされているんだ……。

五歳で両親に先立たれた私はまだ幼かった当時のことをぼんやりとしか覚えていないけれど、漠然とした悲しみや心細さをずっと抱えてきた。きっと小学生でお母様を失った和樹さんの悲しみは、自分以上だろうなと想像して胸が痛くなる。

「どうか和樹さんのことを、よろしくお願いしますね」

ぎゅっと強く手を握られ、なんと返事をしていいのかわからず曖昧にうなずいた。

「じゃあ今度、一緒にお食事でもしましょうね」

軽やかに微笑んで歩いていく幸恵さんを、ぼんやりと眺める。

和樹さんがあんなひねくれた性格になってしまったのは、小さな頃にお母様を亡くしたせいだなんて……。少し離れた場所にいる和樹さんを見て思う。さっきまでは大嫌いだと思っていたのに、わずかに親近感を覚えてしまう私は、単純すぎるだろうか。

するとそのとき、スマホが震え出した。取り出して画面を見れば弟の隼人からの着信。挨拶もひと通り済んだみたいだし、和樹さんは仕事の話をしているようだし、少しくらいいいかな。

そう思いながら、そっとバンケットルームから抜け出した。ひと気のない廊下に出て震えるスマホを耳に当てる。

「もしもし」

『姉ちゃん？　今結婚発表のパーティなんだろ？　大丈夫？　なんか失礼なことをされたり、いじめられたりしてないか？』

電話に出た途端、質問攻めにあい、圧倒されながらも答える。

「和樹さんは相変わらず嫌な感じだけど、でも大丈夫だよ」

『無理してない？　知らないやつだらけの中に連れてこられて不安だろ。俺助けに行こうか？』

「そんな心配しなくてもいいから」

相変わらず心配性な弟に、苦笑いしながら首を横に振った。それにまた隼人が乗り込んできたら、顔合わせのとき以上に面倒なことになるに決まっている。

『……今日からあいつと暮らすんだろ？』

「うん。その予定」

このパーティが終わったら、和樹さんのマンションへ行って一緒に暮らしはじめる予定だ。私の荷物はもう実家から送ってある。

『姉ちゃん本当にいいの？　姉ちゃんは小さい頃からおやじとおふくろの言うことを聞いてものわかりの良いふりをして生きてきて、そんなくだらねぇ人生を送って後悔しない？』

「くだらないって……」

『ずっと実家を出て自立したいって言ってたのに、結局親の言いなりになって愛のない結婚をするなんて、くだらねぇだろ』

隼人の容赦ない言葉に、私は反論できずに唇を噛む。

『それに男と付き合ったこともない姉ちゃんが、好きでもないやつと結婚して大丈夫なのか？　夫婦になるって、一緒に暮らすだけじゃないんだぞ。その覚悟ちゃんとあんの？』

「覚悟って……？」

なんのことだろうと目を瞬かせると、隼人の声が一層低くなる。

『もしかして、もうあいつに手を出された？』

「手を？」

隼人の言葉を繰り返して、一気に頭に血がのぼる。ぼっと音をたてて頬から火が噴き出しそうだ。

「な、なに言ってるの！　手なんて出されてないからっ！」

変な想像しないで！と羞恥のあまり泣きそうになる。

「和樹さんが欲しいのは結婚してるって既成事実だけなんだから、そういう心配はいらないからね！」

『本当かよ』

電話の向こうの隼人は、私の言葉を疑うように言う。

『だいたい、こんなに急いで結婚しないといけない理由ってなんだよ』

「それは、わからないけど」

私も不思議に思っていたけれど、和樹さんに聞いたところで『お前には関係ない』と切り捨てられるに決まってる。

『だったらあいつにわざと嫌われて、離婚するように仕向ければ？』

「どういう意味？」

隼人の提案に目を瞬かせる。

『あいつがどうして結婚しなきゃいけないのかはわからないけど、姉ちゃんが嫌われるようなことばっかりして愛想をつかされれば、ほかに妻にふさわしい女を探すんじゃねぇ？』

「そんな、こちらは旅館に資金援助をしてもらうのに、わざと嫌われて離婚するなんて」

『じゃあ大人しくあいつの言うことを聞いて、好きでもない男と一生結婚生活を送る気かよ』

「それは……」

私が口ごもると、後ろから靴音が聞こえてきた。

誰か来たのかな？と音のする方をなにげなく振り返ると、こちらに近づいてくるのは和樹さんだった。不機嫌なその表情に、私が無断でパーティを抜けたことを怒っているのかなと察する。

「隼人、まだパーティの途中だから切るね」

早口にそう言って通話を終えると、和樹さんはスマホを持つ私の手首をつかみ、憎々しげにその画面を睨む。

「……あの男と電話をしていたのか」

低い声でそう問われ、体の奥がぞくりと震えた。

「すみません。無断でパーティを抜けて」

私が謝ると、和樹さんは険しい表情のまま掴んでいた手を放し冷ややかな視線をこちらに向ける。

「こんなときでも連絡せずにはいられないくらい、あの男が好きなのか」

和樹さんの表情に、わずかに嫉妬が含まれているような気がしたけれど、そんなわけがないと思いなおす。

「そういうわけじゃなくて、隼人は……」

隼人は恋人ではなく弟だと説明しようとしたのに、和樹さんはすぐに私に背を向けてしまった。

「言いわけはいらない。聞きたくもない」

そうやって説明さえ拒絶されてしまったら、私はなにも言えなくなる。

「帰るぞ」

足早に進む彼の後を慌てて追いかけながらたずねる。

「帰るって、パーティは……?」

「結婚発表はもう済んだ。これ以上ここでくだらない話をしても時間の無駄だろ。さっさと着替えろ」

私のことを振り返りもせずに命令する傲慢な彼に、やっぱり嫌な奴!と心の中で悪態をついた。

＊＊＊

「穂積。帰るぞ」

バンケットルームの入り口のあたりに立つ穂積を見つけて声をかけると、彼は「はい」とうなずきながらこちらにやってくる。

「鈴花さんは?」

「今控室で着替えている」

「あぁ、あの絢爛豪華な振袖姿で自宅に連れて帰るわけにはいかないか」

穂積は納得したようにそう言ってから、横目で俺のことを見た。

「それにしても、そんなに不機嫌な顔をしてなにかあったのか？」

「別になにもない」

「ふーん？」

「なんだ」

人を観察して面白がるような視線が落ち着かなくて眉をひそめると、穂積は「いや」と首を横に振って短く笑う。

「普段感情を表に出さないお前が、そうやってわかりやすく不機嫌になるのは珍しいなと思って」

「だから、別に不機嫌なわけじゃない」

改めて否定した俺に、穂積はまったく信じていない様子で肩を上げた。

「そんな不満そうな顔をしているのに、無自覚なんだ。和樹は相変わらず不器用で鈍感だよな」

「どういう意味だ」

穂積がなにを言いたいのかはわからないけれど、俺のことを面白がっているのは伝わってきてむっとする。

「鈴花さんと結婚して一緒に暮らしていくうちに、お前の女性不信が少しはマシになるといいな」

とんでもないことを言い出す穂積に、思わずむきになって反論する。

「俺は女性不信なわけじゃないし、あんな最悪な女と結婚したらますます人を信じられなくなるだけだ」

「どうして?」

「あの女は、俺の隣ではにかんで笑っていたと思ったら、その数分後にはいなくなってこっそり恋人と電話をしていたんだぞ?」

信じられるか?と顔をしかめる。

真っ赤な顔で俺を見上げ、『そんな心配をなさらなくても、私は和樹さん以外の男の方によそ見なんてしませんから』と恥じらいながら言った彼女。

最悪な本性を知っているはずなのに、思わずその可愛らしさに胸を打たれた自分が悔しい。

少し目を離した隙に彼女は俺のそばからいなくなり、どこに行ったんだろうと探していると、廊下の隅で男と電話をしているのを見つけた。

そのときの苛立ちがよみがえって、勝手に舌打ちが漏れる。

「なるほど。可愛い妻が自分をほったらかしてほかの男と電話しているのを見て、嫉妬したんだ？」

「腹が立っただけで嫉妬したわけじゃない。なんで俺が飾りだけの妻に嫉妬をしなきゃならないんだ」

「飾りだけの妻なんて言って、控室で鈴花さんを見たときに思いきり見惚れていたくせに」

「あれは……」

その指摘に口ごもる。

パーティの前に控室で着飾った彼女を見たとき、確かに一瞬だけ目を奪われたかもしれないけれど。

「別に彼女に見惚れていたわけじゃなく、見事な着物だと思っただけだ」

俺が不機嫌な口調で言うと、「強情だな」と穂積が笑う。

「和樹はほんと、女を見る目がないよな」

「どういう意味だ」

「鈴花さんは、お前が言うような最悪な女性だとは思えないけど」

「お前になにがわかる」

「だいたいその恋人っていうのも……」

穂積がそう言いかけたとき、洋服に着替えた鈴花がやってきた。急いで来たせいで、わずかに息が上がっているようだ。俺たちを見つけると、「お待たせしました」と早足でこちらに近づく。

そのとき、毛足の長いカーペットに足を取られたのか、鈴花が目の前でバランスをくずした。

「きゃ」と小さな悲鳴をあげ転びそうになった彼女に、反射的に手が伸びる。腕を掴み抱き寄せると、鈴花の体が強張った。

「大丈夫か？」

腕の中の彼女を見下ろしてそう問うと、鈴花はなぜか目を見開き、頬を紅潮させてこちらを見ていた。

どうしてそんなに動揺しているんだろう。転びそうになったときに、足でもひねったんだろうか。

「どこか痛めたか？」

それなら足に体重をかけないほうがいいだろう、と思い腰に手を回し抱き寄せる。

その瞬間、触れた腰の細さに驚いた。

支えるために触れた手のひらで彼女の背筋をそっとなぞると、華奢な体がぴくんと跳ねた。

「あ、あの……っ！」

今にも涙がこぼれてしまいそうなほど目を潤ませた鈴花が、真っ赤な顔で俺を見上げる。

「大丈夫ですから、放してください……っ」

消え入りそうな声でそう言って、両手で顔を隠してうつむく。

ただ転びそうになったのを支えただけなのに、どうしてそんなに取り乱すんだ。不思議に思いながら見下ろすと、髪の間からのぞくうなじや耳たぶが真っ赤に染まっていた。

その瞬間、胸になにかが迫り、言葉にできない思いが込み上げる。

彼女の体を支えていた腕を緩めると、鈴花は俺から顔をそらしたまま逃げるように距離をとった。そして二、三度深呼吸をしてから、おずおずと俺に向かって礼を言う。

「あの、ありがとうございました」

抱き寄せられたことにまだ動揺しているのか、彼女の頬は赤いままだった。その初《う》心《ぶ》な反応に、心が揺れそうになる。

相手は見合いの場に恋人を連れてくるような性悪な女なんだから、騙されるなと自分を戒めてから口を開いた。

「倒れそうになったから、反射的に手が出ただけだ」

ぶっきらぼうに言うと、穂積がフォローするように横から声をかける。

「鈴花さん、早かったですね。急いで着替えてきたんですか？」

穂積がたずねると、彼女は胸元に手を当ててほっと息を吐き出す。そして俺の方を見ながら口を開いた。

「和樹さんをお待たせしているので急がなきゃと思ったんですけど、なにもないところでつまずいて転ぶなんて恥ずかしいです」

そう言って、わずかにはにかむ。少し紅潮した柔らかそうな頬に思わず目が奪われる。

俺がさっさと着替えろと言ったから、彼女はわざわざ急いできたのか。

振袖を着ているときは結い上げられていた髪が、今は自然に下ろされていた。彼女がなにげない仕草で頬にかかる髪を耳にかけると、細い肩の上で綺麗な栗色の髪がさらりと流れた。

和装のときのたたずまいや所作も美しかったけれど、洋服を着た彼女の立ち居振る舞いもやはり綺麗だ。

いや、騙されるな。こんな従順でけなげなふりをしているけれど、本性は恋人がいるくせに金のためなら愛のない契約結婚をするような最悪な女だ。心の中で自分に言い聞かせていると、穂積はぽんと俺の肩を叩いて意味ありげに笑う。

「また見惚れてるぞ」

「ちが……っ！」

決して彼女に見惚れていたわけじゃなく、少しぼんやりしていただけだ！と顔をしかめると、穂積は俺を無視して鈴花に笑いかける。

「では、おふたりが新婚生活を送る愛の巣に参りましょうか」

穂積の言葉に、鈴花の頬が一気に赤くなった。

一瞬でも、そんな初心な反応を可愛いと感じてしまった自分をうとましく思いながら、「愛の巣って、変な言い方はやめろ」とひと言多い秘書を睨んだ。

新婚生活のはじまり

男らしい大きな手がドアノブに触れ目の前のドアが開かれると、そこには広々としたリビングがあった。

私は思わず目を見開き、「うわぁ……！」と声をもらしてしまう。

薄いベージュの大きなソファに、その前に置かれたセンターテーブル。ゆったりとくつろげそうなラウンジチェアに、足元には毛足の長いラグが敷かれている。一見とてもシンプルだけど、ただそこにあるだけで凛とした品を感じさせるインテリアは、きっとどれもものすごい高級品だ。

壁一面の大きな窓からは、白いレースのカーテン越しに夜の街が見渡せる。朝になれば明るい日差しが差し込むんだろう。

ゆったりとしたラグジュアリーなマンション。パーティが行われた会場から秘書の穂積さんの運転する車でここへとやってきた。

今日から私はここで暮らすことになるんだ……。

私が息をのんでいると、隣に立つ和樹さんがこちらを振り返った。

「どうした。この部屋では不満か？」

端正な顔に間近で見つめられ、私は慌てて首を横に振る。

「不満なんてあるわけがありません……！」

廊下から部屋の中に入ると、リビングだけではなくダイニングやキッチンも見渡せた。使い勝手の良さそうなパントリーや洗面所、広いバスルームを見て回り、思わずため息が漏れる。

御曹司の和樹さんが暮らすマンションだから、立派なんだろうなとは思っていたけれど、これは想像以上の豪華さだ。

「気に入ったか？」

そう問われ、私は大きく首を縦に振る。

「もちろんです。フローリングにバルコニーに広いキッチンにジャグジー付きのお風呂……。こんなの、ドラマや映画の中でしか見たことがありません」

「ジャグジーはまだしも、フローリングやバルコニーはどこにでもあると思うが」

「旅館も母屋も畳敷きの日本家屋だったので、フローリングのリビングに憧れていたんです。どうしよう、今までずっと引き戸でドアに慣れていないから、スカートのすそを挟んでしまいそう」

そう言いながらリビングのドアノブを上下させてドアを閉める練習をしていると、和樹さんとその後ろに控えていた穂積さんがぶほっと噴き出して口元を手で押さえた。

「こんな高級高層マンションに来て眺めや広さじゃなく、フローリングやドアに感激するなんて、可愛すぎますね」

「……穂積」

そう言った穂積さんを、和樹さんがすかさず睨む。

「手を出したりしないので、いちいち嫉妬して威嚇《いかく》しないでください」

「だから、嫉妬なんかしていない」

そんなふたりのやりとりに首をかしげていると、和樹さんが私に向かってあごをしゃくった。

「ついてこい」

そう言われ廊下に出た彼の後をついていくと、玄関の近くにあるドアの前にたどり着いた。

「わぁ……！」

ドアを開くと、ナチュラルなインテリアが置かれた明るい部屋があった。白いカーテンに、白木が美しいテーブルや棚。もふもふの大きなラグは寝ころんだら気持ちがよさそうだし、真っ白なカバーがかけられたベッドの上には可愛らしい色合いのクッションがいくつも並んでいる。

　そして窓辺には緑の蔦が綺麗な小さなアイビーの鉢が置いてあった。

　とても居心地のよさそうな部屋だ。

「もしかして、ここが私の部屋ですか？」

　和樹さんの顔を見上げて問うと、彼が「そうだ」とうなずく。

「時間がなかったからこちらで勝手に用意したが、もし気に入らないならベッドもインテリアも買い替えて……」

「ものすごく気に入りました！」

　彼の言葉を食い気味に遮って顔を輝かせる。

「これから毎日ベッドで寝られるなんて……っ。座ってみてもいいですか？」

　私が確認すると、和樹さんは驚いたような表情を浮かべながらもうなずいてくれた。

　きゃー！と心の中で歓声をあげながら、白いカバーのかかったベッドに触れる。

　マットレスの柔らかさを確認してから恐る恐る腰を下ろすと、ふわりとバウンドして私の体を受け止めてくれたベッドに、また感動する。

「すごいふわふわで気持ちいい……。それに毎朝お布団の上げ下げをしなくていいなんて、天国みたい」

感激してつぶやくと、今度は盛大にぶはっと噴き出す声が聞こえた。振り返ると口元を押さえ顔をそらす和樹さん。

無愛想な彼が思わず噴き出してしまうほどみっともなくはしゃいでいる自分を自覚して、慌ててベッドの上で乱れたスカートのすそを直した。

「気に入ってもらえたようでよかった」

冷静な表情に戻った彼がそう言う。

きっとベッドひとつで浮かれる私は、彼には幼稚で馬鹿みたいに見えているんだろうな。

日本家屋でしか暮らしたことがない私は、今まで密かに憧れていたベッドを使えることが嬉しくて、思わずはしゃいでしまった。

落ち着け落ち着け、と心の中で自分に言い聞かせながら深呼吸をしていると、部屋の入り口にいた和樹さんがこちらに近づいてきた。

彼のことを目で追っていると、和樹さんは私がいるベッドの端に腰を下ろしこちらを見る。彼の重みを受けたせいでぎしりとスプリングが音を立て、私の体がわずかに彼の方へ傾いた。

近づいた距離に思わずドキッとしてしまう。速くなった鼓動を誤魔化すように、ベッドの上に並んだクッションをひとつ引き寄せ胸に抱くと、そんな私の動揺を感じ取ったのか、和樹さんが小さく笑った。

「鈴花」

まっすぐに私の瞳を見つめながら名前を呼ばれ、心臓が飛び出そうになる。

「す、鈴花って……！」

顔を真っ赤にして硬直した私を見て、和樹さんは不思議そうに首をかしげた。

「結婚したんだから、自分の妻を名前で呼ぶのは当然だろ」

「そ、そうですけど……っ」

今まではお前としか呼ばれていなかったのに。いきなり呼び捨てにされると、ドキドキしすぎて心臓が痛くなる。それに、考えてみたらひとつのベッドに腰をかけて見つめ合っているこの状態って、かなり親密な状況なんじゃない……!?

なんて思っていると、和樹さんは私に一枚のカードを差し出した。なんだろうと首をかしげながら受け取ると、私名義のクレジットカードだった。

「鈴花名義のカードを作っておいた。必要なものがあればこれで買うといい」

事務的に言われ、少し拍子抜けしながら「はい」とうなずいてカードを見下ろす。

生活費はこれで払え、ということだろうか。

「なにかわからないことや困ったことがあれば穂積に聞いてくれ」

そう言って、和樹さんは廊下に立つ秘書の穂積さんを見やる。

「あ、あの。和樹さんはアレルギーや嫌いな食べ物はありますか？」

私がたずねると、和樹さんは訝しむような視線をこちらに向けた。

「どうしてそんなことを聞く」

「え？　だってお食事を作るのに、アレルギーがあるかないかわからないと困るので……」

私はそう説明しながら、和樹さんがそんな怪訝な顔をする理由がわからず首をかしげる。

「食事はたいてい外で済ませるから、気を使わなくていい。それに家のことはハウスキーパーに頼んでいるから鈴花がする必要はない」

「じゃあ、私はいったいなにをすれば……？」

「なにもしなくていい」

「は？」

きょとんと目を瞬かせる私を、和樹さんが冷静な表情で見下ろしていた。

「俺はこの契約結婚で家政婦を買ったわけじゃない。素人が家事をするより金を払ってプロに頼んだ方が効率的なんだから、わざわざ鈴花がする必要はないだろ」

突き放すようなその言葉に、まるで私の存在なんてなんの価値もないんだと言われた気がした。彼にとって私はただの妻という名前の飾りで、窓辺に置かれた観葉植物みたいに、そこにあればいいと思っているんだろう。

むっとして眉をひそめると、和樹さんが不機嫌な私に気づき首をかしげる。

「もしかして、家事をするからその分の賃金を払えということか？　わざわざそんなことをしなくても、さっき渡したカードを好きなだけ使ってかまわないし、現金が欲しければ……」

この人は、植物に水をあげるように、女にカードを渡しておけばそれで満足するとでも思っているんだろうか。そんな的外れなことを言う和樹さんめがけて、胸に抱きしめていたクッションを力いっぱい投げつけた。

「なんで怒るんだ」

顔面に向かって容赦なく投げつけたつもりなのに、軽々とクッションを受け止めた和樹さんを、苦々しい想いで睨みつける。

「別に怒っていません。もう疲れたので、ひとりにさせてください」

私は顔にひきつった笑みを浮かべ、とげとげしい声でそう言った。

「意味がわからない」

和樹さんが理解できないという表情でこちらを見下ろす。

「ひとりになりたいなら、好きにしろ」

面倒くさそうにため息をついた後、彼がそう言い捨てて部屋から出ていった。

ぱたりと扉が閉まり、部屋の中でひとりきりになる。それでもまだ気持ちが収まらなくて、ベッドの上のクッションを閉まった扉めがけて投げつけた。ふわふわのクッションは、ぽすんと気の抜けた音をたて、床の上に落ちる。それを見ながら私はひとり唇を噛む。

どうして和樹さんはいちいちあんなに偉そうなんだろう。

少しも自分が悪いと思っていない様子に、あの人は傲慢で嫌な男だと改めて思い知らされた。あんな人と結婚生活を送るなんて、やっぱり無理！

愛されていないのは最初からわかっていたけれど、私という人間をまったく必要としない彼とこの先ふたりで暮らしていくなんて、虚しすぎる。それが一生続くなんて……。そう考えて身震いをした。

こんな意味のないからっぽの結婚生活、絶対に耐えられない。

この生活から抜け出すためには、隼人に電話で言われた通り、私が和樹さんにわざと嫌われることをして、愛想をつかされるしかない。

私が和樹さんに嫌われるための努力をしようと心に決めていると、控えめにドアがノックされた。

もしかして、和樹さん……？

そう思いながら、不機嫌な声で「はい」と答える。そっと扉を開くと、そこに立っていたのは和樹さんではなく秘書の穂積さんだった。

「先ほどは副社長が失礼しました」

穂積さんは悪くないのに頭を下げられ、私は慌てて首を横に振る。

「いえ、まったく気にしてませんから。どうせ愛のない契約結婚ですし」

大人の対応をしようと思ったのに不機嫌な気持ちは隠せず、拗ねた口調になってしまった。すると穂積さんの冷静な表情が崩れてぷっと笑顔になる。

「気にしていないようにはとても見えませんよ」

ぱんぱんにふくらんだ私の頬を指さされ、慌てて両手で顔を覆った。

「穂積さんも大変ですね。あんな偉そうで傲慢な人の秘書なんて」

「和樹も、悪気があるわけではないんですよ」

どこか柔らかい口調でそう言われ、目を瞬かせる。和樹さんのことを語る穂積さんの優しい表情に驚いた。

「和樹さんと穂積さんは、親しいんですか？」

「うちの親は昔から大宮家に仕えていて、親戚みたいに育ってきたので」

「へぇ……」

穂積さんの言葉を聞きながら、ふと湧いてきた疑問を口にする。

「和樹さんは昔からあんなに偉そうなんですか？」

私の遠慮のない質問に、穂積さんは楽しげにくすりと笑った。

「いえ。小さな頃は純粋でまっすぐだったのに、いつの間にかひねくれて人間不信になって……」

「人間不信って、やっぱりなにか原因があるんですか？」

「知りたいですか？」

そう言って、穂積さんが私のことをじっと見た。

幸恵さんは、和樹さんは小さい頃に実母を亡くしたせいでひねくれてしまったと言っていたけれど……。ほかにも理由があるなら知りたい。

そう思ったけれど、彼に興味を持っていると思われるのがなんだか癪で「興味ありません」とすまして首を横に振る。

「そうですか。聞きたくなったらいつでも言ってくださいね」

柔らかく微笑みかけられて、思わずため息が漏れた。

「穂積さんは優しいんですね。こうやって和樹さんの妻の私のことまでフォローしてくれるなんて」

「和樹には秘書のくせに遠慮も容赦もなさすぎると文句を言われますけどね」

「きっと、穂積さんがそうやって甘やかすから、あの傲慢な和樹さんが余計つけあがるんですよ」

「じゃあ私が甘やかしている分、鈴花さんがあいつに厳しくしてくれますか？」

「これでも旅館の娘ですから、えらそうで横暴なお客様には慣れてます。任せてください」

私が胸を張ると、穂積さんは「それは頼もしいですね」と肩を揺らした。そんな軽口をたたきながら、「そう言えば」と穂積さんに向き合う。

「穂積さん。和樹さんにアレルギーや嫌いな食べ物があれば教えてもらえますか？」

「わざわざ和樹に手料理を作ってあげるんですか？　いらないと言われたのに」

「気を使うなと言われただけで、作るなとは言われてませんから」

なにもしなくていいと言われて、はいそうですか、と素直にうなずくつもりはない。彼の言うことを聞くお利口なお人形さんでいる必要はないんだから。

そう主張した私を見て、穂積さんは楽しげに笑って和樹さんの食の好みや生活スタイルを教えてくれた。そして私が忘れないようにメモを取る様子を見ながら、一枚の書類を出した。

「大切なことを忘れるところでした。さっそくですが、これに記入していただけますか？」

サイドテーブルに置かれたそれを見て、思わず目を見開く。

それは婚姻届だった。

私が書くべき妻の欄以外は、もう全て埋められていた。

「本来なら、秘書の私ではなく和樹からお願いするべきものですが」

申し訳なさそうな穂積さんに、私は首を振ってペンを持つ。

「いえ、大丈夫です」

感動もときめきもない、事務的な作業。愛のない契約結婚にはふさわしい。そうは思いつつも、ペンを持つ手がわずかに震えた。

これを提出すれば、私は大宮鈴花になる。あの人の、妻になるんだ。

＊＊＊

リビングのソファに座りタブレットで仕事のメールを確認しながら、鈴花との会話を思い返す。

今考えてみても、彼女がどうして突然怒り出したのか全く理解できずにため息が漏れた。

初日からこの調子じゃ、先が思いやられる。必要だから仕方ないと納得して結婚したつもりだったけれど、やはりこの選択は間違いだっただろうか。なんて思っていると、リビングのドアが開き穂積が入ってきた。

「これ、記入してもらった」

そう言って、全ての欄が埋まった婚姻届けをこちらに差し出す。

「ありがとう。預かっておく」

ちらりと目を通してからうなずいた俺に、穂積はあきれたようにため息をついた。

「和樹。さっきのお前の態度はどうかと思うよ」

「責められるようなことをした覚えはないが」

「これから一緒に暮らす相手に、お前はなにもする必要がないなんて言われたら、普通怒るだろ」

「どうしてだ。なに不自由のない生活と、欲しいだけの金を用意すると言っているのに、彼女が怒る理由が理解できない」

「お互いの利害のための契約結婚だけど、これからお前たちは一緒に暮らすんだろ。偽りとはいえ家族になるのに、あんなことを言われたらお前の存在は必要ないと言われてるようなもんじゃないか」

穂積の言葉に、俺は黙り込んだ。

「目的を達成するために感情を無視して道具にされる虚しさを、お前なら理解できるだろ?」

そう言われ、母を亡くしたばかりの頃の記憶がよみがえる。思い出したくもない忌まわしい出来事。鈍い頭痛を感じて、額に手を当て顔をしかめた。

「だが、これは契約結婚で、彼女を愛する義務なんてない」

素直にうなずく気にはなれない俺が悪あがきのようにつぶやくと、穂積はため息をつきながらこちらを睨む。

「それはわかっているけど、愛さないのと相手を無下に扱うのとは違う。これから一緒に暮らすんだから、少しは歩み寄れ」

容赦ない説教に耳が痛くて黙り込む。そんな俺を見た穂積は、言いたいことを言って気が済んだというようにさっぱりとした笑顔を浮かべる。

「ま、鈴花さんも言われっぱなしで拗ねるだけのお嬢様じゃなさそうだし、これからお前たちがどうなるか楽しみだけどね」

「勝手に楽しみにするな」

俺が睨むと、穂積は愉快そうに肩を揺らした。

前途多難な新婚生活

和樹さんとの結婚生活から抜け出すために、わざと愛想をつかされ離婚を目指そう。

そう決心した私は、彼に嫌われるための努力をはじめた。

昨日の夜ベッドの中で、自分がされて嫌なことはなんだろうと一生懸命考えてひらめいたのが安眠妨害だ。気持ちよく寝ているところを不快な音で叩き起こされたら、誰だって苛立つはず。

そう目論んだ私はさっそく翌日早めに起きて、朝のキッチンに立つ。そして時計を見て時間を確認すると、ステンレスの大きなお鍋を手に持った。

現在の時間は七時を少し過ぎたところだ。穂積さんから聞いた話によると、和樹さんは毎朝七時半に起きるらしい。いつもより三十分近くも早く起こされたら、あの気が短い和樹さんは絶対に怒るはずだ。

すうっと息を吸い込んで、鍋から手を放すと、ガラガラガッシャーンッ！と部屋の中に耳障りな金属音が響いた。防音設備の整った高級マンションだから下の階には響いていないだろうけど、音の大きさに自分でもびっくりしてしまった。

しばらくすると寝室の扉が開く気配がする。そして足音が近づいてきた。

「今、ものすごい音がしたが」

そう言いながらリビングに入ってきたのは、パジャマ姿の和樹さん。その不機嫌そうな顔を見て、私は心の中でガッツポーズをする。こちらの思惑通り、朝から騒音をたてる迷惑な妻に苛立っているに違いない。

「すみません、お鍋を落としてしまって」

謝りながらお鍋を拾う私のことを見下ろして、和樹さんは眉をひそめた。

「鍋を落としたって、火傷や怪我はないか？」

私を気遣う和樹さんの言葉に、思わず驚く。『うるさい音のせいで目が覚めてしまっただろう』なんて、厳しく責められることを覚悟していたのに。

「はい。空のお鍋なので、大丈夫でした」

「そうか」

ほっとしたように表情を緩めた和樹さんを見て、なんだか良心が痛んでしまった。傲慢で気の短い彼のことだから、怒ってすぐに出て行けと怒鳴るんじゃないかと思っていたのに、こうやって心配されるなんて予想外だ。

「朝食を作っていたのか？」

そう問われ、戸惑いながらうなずくと、和樹さんはため息をついた。

「料理をする必要はないと言ったはずだが」

そのうんざりした口調に、私は少しむっとしながらたずねる。

「必要ないって。和樹さんは、普段朝食はとらないんですか？」

「いつもは会社に着いてからコーヒーとサプリメントを飲んでいる」

当然のように答えた和樹さんに、思わず眉をひそめた。

「それだけで済ませるなんて、不健康すぎますよ。朝食は大切なんですから」

「胃に入って栄養になれば一緒だろう」

「そんなことないです。朝からちゃんと体にいいものをとると集中力も上がりますし、仕事の効率も上がりますよ」

朝に体が喜ぶものをとってあげると、脳が活性化して体が目覚める。厳しかった祖母がいつもそう言っていた。実家の旅館でもお客様に注目されるのは豪華な夕食だったけれど、実は板長さんが一番メニューや食材に気を使っているのは朝食の和御膳だった。

そう力説する私の後ろで、火にかけていた鍋がぐつぐつと音をたてはじめた。

「鍋が噴きこぼれそうになっているぞ」

和樹さんにそう言われ、はっとして振り返る。

そういえば、お味噌汁を火にかけたままだった……！

慌てて火を消そうと手を伸ばしかけると、和樹さんに後ろから引き留められた。左腕で私の肩を抱き、右手で私の腕を掴む。

「危ない」

驚いて目を見開くと同時に、お味噌汁が入ったお鍋が音をたてて噴きこぼれた。

ジューっと真っ白な湯気が立つ鍋を、和樹さんの腕の中から見て息をのむ。

和樹さんが引き留めてくれなかったら、火傷をするところだった。

「気を付けろ。危ないだろ」

厳しい口調で言われ、ドキドキしながら頭を下げる。

「す、すみません」

動転しながら謝ると、和樹さんが背後でため息をついた。そして私の肩越しに掴んだ腕を見下ろす。

「……細い腕だな」

そうつぶやきながら和樹さんが長い指で私の肌の上をそっとなぞった。その瞬間、後ろから抱きしめられ腕を掴まれていることを自覚して、一気に体が熱くなる。恋愛経験ゼロの私は、男の人に触れられているだけで心臓が飛び出そうなほどドキドキしてしまう。落ち着かないから早く放してほしいのに、和樹さんは私の腕を掴んだままなかなか離してくれなかった。

自分の頬が赤くなっていくのを感じながら、恐る恐る視線を上げる。

「あの、和樹さん……？」

振り返り、私を抱きしめる和樹さんを見上げると、目が合った途端彼がぐっと息をのんだ気がした。不思議に思って首をかしげていると、和樹さんは息を吐き出しいつもの傲慢な表情に戻る。

「こうやって、必要ないと言っているのに、けなげに手料理をふるまって男をたぶらかすのが手なのか」

「たぶらかすって……！」

悪意のある言葉に、むかっと怒りが湧いてきた。

私は和樹さんに嫌われたいと思っているんだから、たぶらかすために食事を作ったりするわけがない。

「勘違いしないでください。別にこの朝食は和樹さんのために作ったわけじゃないですから」

私がむきになってそう言うと、和樹さんは作りかけの朝食を見て「ふーん」とからかうような笑みを浮かべる。

「焼き魚もサラダもふたり分あるように見えるが」

「ぜ、全部私が食べる分です」

本当は和樹さんと私のふたり分のつもりで作った朝食だけど、意地になった私は頬をふくらませながらそう言い張る。

「そんな細い体にこんなに入るのか？」

疑うような視線で見られ私が「ぐうっ」と言葉につまると、和樹さんは声をあげて笑った。

そして私の腕を掴んでいた手を開き、抱きしめていた体を離す。

背中に感じていた和樹さんの体温が消え私がほっと息を吐き出すと、和樹さんは「その朝食はもったいないから、捨てるくらいなら俺が食べてやる」と言い残し洗面所へと歩いていった。

どうやら私が和樹さんのために朝食を用意していたのはお見通しだったらしい。

『食べてやる』なんて上からの目線で言われるのが悔しい。相変わらず傲慢で俺様な和樹さんに腹をたてた私は、洗面所に向かって「いーっ！」と顔をしかめてから朝食の準備を再開した。

スーツに着替えた和樹さんはダイニングテーブルにつき、私が失敗して煮立たせすぎたお味噌汁を飲んでいた。

「……すみません。お味噌汁、美味しくないですね」

テーブルを挟んで座った私は、自分が作ったお味噌汁をひと口飲んでうなだれる。

さっき散々朝食の大切さを力説していたくせに、料理を失敗してしまう自分が情けない。

「そうか？」

そんな私を見て和樹さんは不思議そうに首をかしげた。

「煮立たせてしまったせいで、お味噌の風味が消えてしまったし舌触りも悪いじゃないですか」

「別に気になるほどじゃないし、どの料理もちゃんと美味い」

自然な口調で言った和樹さんに、驚いて持っていた箸が止まった。

「どうした？」

目を見開いた私に、和樹さんが首をかしげる。私は「いえ」と取り繕いながら食事を再開した。

『捨てるくらいなら食べてやる』なんて言う傲慢で上から目線の彼が、美味しいと褒めてくれるとは思わなかった。

私が用意した朝食は、オクラとお豆腐のお味噌汁にタラの照り焼き。ほうれん草のおひたし、枝豆とツナが入った和風サラダ、そして炊き立ての玄米ご飯。豪華さはないけれど、体にいいものがたくさん入ったメニューだ。

ついつい、いつも実家で食べているような和食を作ってしまった私。テーブルに朝食を並べているときに、これじゃあんまりにも素朴すぎてセレブな和樹さんの口に合わないかもしれないと気づいた。

食事をしながら不安で和樹さんの様子をさりげなくうかがっていたけれど、彼は私が作った料理を全て綺麗に平らげてくれた。そしてちゃんと手を合わせ『ごちそうさま』と声に出して言ってくれた。

和樹さんは傲慢でぶっきらぼうな印象しかなかったけれど、綺麗な箸の使い方や食後の挨拶をしてくれる礼儀正しさが意外で、些細なギャップに少しだけきゅんとしてしまった。

和樹さんが家を出た後、空になった食器をキッチンへ運びながら、自分が作った料理を食べてもらえるのはやっぱり嬉しくて、自然と頬が緩む。

夕食はなにを作ろうかな、なんて考えて、はっとして首を横に振った。

料理を少し褒められただけで、なに浮かれているんだろう。私は和樹さんに嫌われなきゃいけないのに。愛想をつかされて離婚するためにも頑張らなきゃ、と私は気持ちを引き締めた。


そうして和樹さんとの新婚生活がはじまって一週間。私たちは今日もダイニングで向かい合って朝食をとっていた。

副社長である和樹さんは残業や仕事のお付き合いで外食することも多いけれど、予定のない日は自宅で食事をしてくれるし、普段は食べないと言っていた朝食もきちんと食べてくれる。

彼のぶっきらぼうな対応に慣れてきたせいか、初対面の最悪な第一印象よりもとっつきやすくなってきた気もする。愛のない契約結婚なんていうから、言葉も交わさないような冷え冷えとした日々を想像していたけれど、和樹さんとの生活は意外と順調だ。

偉そうなのは相変わらずだけど、『いただきます』も『ごちそうさま』もちゃんと手を合わせてくれるし、料理の感想も言ってくれる。それだけで、和樹さんは思ったほど悪い人ではないのかもしれない、なんて感じてしまう私は、単純なんだろうか。

とは言いつつ、もちろん和樹さんに嫌われる努力もしている。初日みたいに物を落として大きな音をたてたり、料理を失敗してお鍋を焦がしたり、調味料を間違えたり……。

厳しい祖母から食べ物は大切にしなさいとしつけられてきたから、口に入れた途端、吐き出すようなひどい味付けにはできなくて、食べられるけれど絶妙に不味いというギリギリのラインを日々研究中だ。

まぁ、わざとやったことだけではなく、狙わずに失敗してしまうことも多々あるんだけど。

ちなみに今和樹さんが食べている朝食の卵焼きが焦げているのは、わざとではなく純粋な失敗だ。料理をしている最中に弟から届いたメッセージに気を取られ、火を通しすぎてしまったのだ。

一応味見をして、少し焦げてはいるものの食べられないほどではない。そう判断して食卓に並べてみた。だけど、実際に和樹さんが食べるところを見ていると、焦げたところが苦かったりしないかな、と不安になってくる。

そわそわしながら、和樹さんが卵焼きを口に運ぶ様子をじっとうかがっていると、私の視線に気づいた彼があきれたように小さく肩を上げた。

「そんなに睨みつけられると、食べづらいな」

「に、睨んでいるわけではないです……！」

そんな露骨に見ていたつもりはなかったのに。私が慌てて首を横に振ると、和樹さんがぷっと噴き出した。

「そうやって心配そうな顔で人を観察しなくても、今日の朝食も美味いよ」

そう言われ、一気に頬が熱くなる。

「別に心配そうな顔なんてしていません」

私はただ、卵焼きが苦かったかどうか気になっただけだ。つんとすましてそう言った後、隼人が送ってきたメッセージの内容を思い出す。

「そういえば、今日弟が家に遊びに来たいと言っているんですけど、いいですか？」

弟の隼人が、私の結婚生活を心配して様子を見に来たいと言ってきたのだ。

家族とはいえ勝手に部屋にあげるのは失礼かなと念のため確認すると、和樹さんはこちらを見て首をかしげた。

「弟は大学生だったか」

顔合わせの前にこちらが渡した釣書に家族構成も載っていたんだろう。思い出すようにそう言った和樹さんにうなずく。

「そうです。東京の大学に通ってこっちでひとり暮らしをしているんです。大学が終わってからこの部屋に遊びに来たいって」

「別にかまわない」

「それで、その弟が顔合わせのときに……」

隼人が私の恋人だと勘違いされたままだったので、その誤解を解こうと口を開くと、テーブルの端に置いてあった和樹さんのスマホが震えた。

「悪い。穂積の車が到着したようだ」

和樹さんは画面に表示されたメッセージを確認して「ごちそうさま」と手を合わせてから立ち上がる。

「あ、はい」

慌てて私も立ち上がり、出かける支度を終えた和樹さんを玄関で見送った。

「いってらっしゃい。お仕事頑張ってくださいね」

私がそう声をかけると、和樹さんはちらりとこちらを見てうなずく。そして扉を開け出ていった。

ここで『いってきます』って笑顔を返してくれたら、少しは本当の夫婦らしくなれるんだけどな、なんて玄関でひとり思う。

まぁ、あんな傲慢で頭の固い和樹さんにそんなことを望んでも無駄だろうけど。これは愛のない契約結婚なんだから。そう自分に言い聞かせ、朝食の後片付けをするためにキッチンへと向かった。

＊　＊　＊

「結婚して一週間たって、新婚生活はどう？」

仕事を終えマンションに帰る車の中で、ハンドルを握る穂積がたずねてきた。

「別に」

そう言って、窓の外を眺める。

「別にって言うわりには、最近の和樹はずいぶんご機嫌そうだけどね」

「どこがだ」

俺が驚いて聞き返すと、ハンドルを握る穂積がくすくすと笑い肩を揺らした。

「ひとりで暮らしていたときは遅くまで会社に残って仕事ばかりしていたお前が、鈴花さんと結婚してからは用事がすんだらすぐに家に帰るようになっただろ」

「それは、鈴花が頼んでもいないのに食事を作って待っているから……」

「だけどそれをありがたく食べるんだろ？」

「ただ、捨てるのはもったいないからだ」

「可愛い愛妻の手料理を食べていたら機嫌よくもなるよね。うらやましいなぁ」

穂積は俺の言い分を聞きもせず、勝手に納得して笑う。

別に鈴花の手料理を食べているから機嫌がいいわけじゃない。

確かに、俺のためにわざわざ料理を作ってくれているのかと思うと悪い気はしないし、玄関で『いってらっしゃい』や『おかえりなさい』と声をかけられるのも嫌いではないけれど。

でもそのせいでご機嫌というわけでは決してない。ただ、食事をするたびに心配そうな顔でじっとこちらを見つめてくる鈴花のことを思い出すと、勝手に口元が緩んだ。『美味い』と俺が料理の感想を言うと、不安げだった表情がぱぁっと輝くのが面白い。時々なぜか味がしなかったり焦げていたりと突拍子もない失敗もするが、もともと人のために料理をするのが好きなんだろう。

今まで付き合ってきた女性に手料理をふるまってもらったことはあるけれど、見た目の華やかさや食材の豪華さを競う自己満足のような料理ばかりだった。

鈴花の料理は、彼女たちとは違った。素朴で温かくて優しくて、相手を思いながら時間と手間をかけて丁寧に作られているのが伝わってくる。

鈴花と結婚してからはじめて、自分は家庭的な料理を食べたことがなかったんだなと気がついた。実の母は病気がちで入退院を繰り返していたし、根っからのお嬢様の祖母はホームパーティで振る舞うようなおもてなし料理しか作らなかったから、昔から家庭の味というものに縁がなかった。

窓の外を流れる景色を見ながら、そういえば小学校の遠足でクラスメイトの手作りのお弁当をうらやましく思ったことがあったな、なんて懐かしくなる。

専属の料理人が張り切って作った華やかで豪華な俺の弁当を見て、みんなはすごいと歓声をあげていたけれど、俺にとってはウインナーがタコの形に切られていたりカラフルな旗が立っていたりするお弁当のほうがずっと美味しそうに見えた。

鈴花と結婚するまで自覚はなかったけれど、もしかしたら俺は家庭的な手料理に憧れていたのかもしれない。

「今日も鈴花ちゃんは愛情たっぷりの料理を作って、和樹の帰りを待っているのか？」

ぼんやりしていると穂積にそうたずねられ、視線を車窓から運転席へと移した。

「鈴花ちゃんって、なれなれしく呼ぶな」と睨んでから、今朝かわした会話を思い出す。

「確か弟が部屋に遊びに来ると言っていたが」

「へぇ……」

俺の言葉を聞いた穂積は驚いたようにつぶやく。

「その弟はまだ家にいるのかな」

「さぁ。大学が終わってから来るとは言っていたが、詳しい時間は聞いていない」

「面白そうだから、俺も少し部屋によっていい？」

「面白いって、なにがだ」

「久しぶりに可愛い鈴花ちゃんの顔を見たいし」

その言葉に眉をひそめると、ルームミラー越しに俺の顔を見た穂積は「そうやって、いちいち嫉妬して怒るなよ」と肩を揺らして笑った。

穂積と一緒に部屋に帰ると、玄関に男物のスニーカーが置いてあった。それを見て「あ、まだ弟くんがいるんだね」と穂積がつぶやく。

玄関のドアが開く音を聞きつけた鈴花がリビングから出てきて、「和樹さん。おかえりなさい」と出迎えてくれた。

「穂積さんもいらっしゃったんですね」

「少しだけお邪魔してもいいですか？」

「もちろんです」

笑顔でそんなやりとりをするふたりの間に、むっとしながら割り込んでたずねる。

「弟が来ているのか？」

「はい。それでその弟なんですが……」

そんな会話をしながら廊下を進みリビングのドアを開ける。そしてソファに座る男を見たとき、自分の目を疑った。

「おじゃましてます」

リビングの入り口に立つ俺に向かってそう言ったのは、黒髪に活発そうな印象の若い男。どこかで見たことがある、そう考えてすぐに思い出す。

顔合わせのときに乗り込んできた、鈴花の恋人だ。

「なんでこいつがここにいるんだ」

振り返って鈴花に問うと、自分でも驚くくらい低く威圧的な声が出た。俺の迫力に気圧されて、鈴花が青ざめ華奢な肩がびくりと跳ねる。

「俺の留守の間に恋人を家に上げたのか。俺と暮らすこの部屋で、あの男とふたり、いったいなにをしていたんだ」

契約結婚で、恋人がいてもかまわないと言ったのは自分のはずなのに、鈴花がこの部屋に違う男をつれ込んでいたと知った途端、裏切られた気分になる。

腹の奥から怒りが込み上げて、力任せに鈴花の腕を掴んで問いただした。

「ちが……っ！」

目を見開いて首を横に振る彼女に、「なにが違うんだ」と怒鳴る。

この白い頬に、小さな唇に、綺麗な髪に、あの男が触れていたのかと思うとたまらない気持ちになる。

「和樹さん、隼人は……」

大きな瞳に涙をためてそう言う彼女の口をふさぎたくなる。この口から違う男の名前が出るのが許せない。

なぜそんなことでこんなに感情的になっているのか自分でも理解できずにいると、後ろからなにかが飛んできて俺の頭にぶつかった。後頭部に感じた痛みに虚を突かれぽかんとしながら足元を見ると、来客用のスリッパが落ちていた。

「ちょっと落ち着け、この石頭！」

叫ぶように言いながら、もう片方のスリッパを手に持ち、こちらを睨む鈴花の恋人。

「とりあえず姉ちゃんを放せ。そんな力任せに腕を掴んだら、痛いだろうが！」

そう怒鳴られ、瞬きをする。

「……姉ちゃん？」

言われた言葉を反芻しながら視線を目の前にいる鈴花に戻すと、彼女は瞳を潤ませたままこくこくと首を縦に振った。

「だから、隼人は恋人なんかじゃなく、弟です」

「だが、姉弟というには少しも似ていない……」

色素が薄く儚げな彼女と、黒髪で快活な印象の彼。どうみても血が繋がっているとは思えない。

「ほんと頭が固いな！　ほら、ちゃんと見ろよ」

険しい顔で近づいてきた男が、学生証を取り出しこちらに見せる。

そこには顔写真と一緒に、『日野隼人』と名前が書かれていた。確かに、彼女と名字が一緒だ。じゃあ、恋人だというのは俺の勘違いだったのか……。

体中にうずまいていた激しい怒りが一気に冷える。自分が勘違いをしていたことに気づいて、体から力が抜けるような気がした。

「どうして言わなかったんだ」

「言おうとしたんですが……」

言いづらそうに目をそらされて、自分の過去の言動を思い出す。

確かに彼女は俺に説明しようとしていた。それを興味はないから言いわけする必要もないと話も聞かず拒絶したのは自分だ。

「鈴花さん、腕は大丈夫ですか」

それまで後ろで見守っていた穂積が近づき、鈴花の腕を掴んでいた俺の手を開かせる。驚くほど細く白いその腕には、くっきりと俺の指の跡がのこっていた。その痛々しさに、思わず顔をしかめた。

「すまない。痛いか？　冷やした方が、いや病院に……」

取り乱す俺に、鈴花は首を横に振る。

「いいえ、少し赤くなっただけなので、大丈夫です」

そう言って、彼女は細い腕を小さな手でそっとなでる。

感情的になっていたとはいえ、こんなに華奢な腕を乱暴に掴んでしまった自分が許せなくなる。唇を噛んでいると、彼女の弟の隼人くんがため息を吐き出してこちらを見た。

「誤解してるみたいだから言っておくけど、姉ちゃんは金目当てで御曹司にすり寄る外面だけ純情ぶった女とは違うからな」

隼人くんの言葉に驚いて彼の方へと向き直る。

「超絶過保護な親父のせいで、姉ちゃんはバイトも夜遊びもせずに、学校が終わったらまっすぐに家に帰ってお稽古と家業の旅館の手伝いだけしてきたんだ。二十三歳にもなって、恋をするどころか男と手を繋いだこともないんだぞ」

隼人くんがそう言うと、鈴花は「ちょっと……！」と焦ったように悲鳴をあげた。

「隼人のバカ！　なんでそんなことまで言っちゃうのよ！」

「だって、姉ちゃんが尻軽女なんて誤解されてんのはムカつくだろ！」

「でも、恥ずかしいから知られたくなかったのに……っ！」

どうやら恋愛経験ゼロだということが、コンプレックスらしい。泣きそうな声で叫ぶ鈴花を、こんなときにも関わらず可愛らしいと思ってしまう。

「……恋をしたことがないのに、こんな契約結婚を受けるなんてどうして」

この結婚はこちらが強引に進めたとはいえ、本当に嫌なら資金援助を断ればいい話だったのに。俺が疑問を口にすると、隼人くんはこちらを睨んだ。

「自分の将来を犠牲にしてでも、実家の旅館を守りたいからに決まってるだろ」

隼人くんは悔しげに唇を噛む。

俺が「理解できない」と眉をひそめると、彼は自分の顔を指さした。

「俺と姉ちゃん、似てないだろ」

そう聞かれ、うなずく。

「姉ちゃん、養子だから。家族の中でひとりだけ、血が繋がってないんだ」

「養子……？」

「本当の両親は姉ちゃんが小さいときに事故で亡くなってひとりきりになって、五歳でうちにひきとられてきたんだって。俺はまだ小さかったからそのときのことを覚えてないけど」

隼人くんがそう言うと、だまって話を聞いていた鈴花は悲しげに目を伏せた。

五歳という幼さで家族を失った彼女の気持ちを想像して息をのむ。

絶句した俺に、隼人くんは静かに続ける。

「……だから、赤の他人なのに自分を育ててくれた両親に恩返しをしたくて、お人好しな姉ちゃんはこの結婚の話を受けたんだよ」

はじめて出会ったとき、ホテルのロビーにいる鈴花が、青ざめた顔で胃のあたりを押さえていた姿が脳裏によみがえった。あのとき彼女はきっと、ひとりで不安や心細さと戦っていたんだろう。彼女がどれだけの覚悟であの場にいたのか。想像するだけで胸が痛む。

それなのに、彼女を最低な女だと誤解をした俺に一方的に責められ貶されて……。

「そんな健気な鈴花さんを勝手な思い込みで罵倒するなんて、お前最悪だな」

激しい罪悪感にさいなまれた俺が黙り込むと、後ろで話を聞いていた穂積が追い打ちをかけるようにそう言った。

横目で穂積を睨むと、「失礼いたしました。副社長があんまり最低なので思わず素直な感想が漏れてしまいました」とわざとらしい敬語で謝られ、余計にむっとした。

「あんたにとっちゃ、愛のない結婚をしてまで古くさい旅館を守ろうとする姉ちゃんは愚かで賤しく見えるのかもしれないけど！　裕福な家庭に生まれたってだけで大企業の副社長をつとめられる苦労知らずの御曹司に、姉ちゃんを非難する資格なんてねぇからな！」

こちらを睨む怒りのこもった視線を受け止めながら、息を吐き出す。

「いや、副社長は決して苦労知らずというわけでは……」

思わず異論を唱えようとした穂積の言葉を、「いい」と遮った。

「確かに、事情も知らず一方的に決めつけて、彼女を侮辱した俺に非がある」

そう言って、さっきから黙ったままの鈴花に向き直る。

「申し訳なかった」

俺が深く頭を下げると、鈴花は慌てたように「顔を上げてください」と肩に触れた。

「きちんと説明しなかった私も悪かったですし……」

俺が顔を上げると、鈴花と至近距離で目が合った。

「だから、気にしないでください」

花が開くように可愛らしく微笑みかけられ、心臓になにかが突き刺さった気がした。

なんだこれは。急に脈が速くなった気がする。それになぜか頬も熱い。

自分の体調の変化に戸惑い困惑していると、隼人くんがふうっと息を吐き出した。

「じゃあ、俺はそろそろ帰ります」

隼人くんはそう言って、自分の荷物を持つ。

「勝手な誤解をして本当に悪かった」

俺がもう一度謝ると、不貞腐れたままの表情で「いえ」と首を横に振った。

「ちゃんと姉ちゃんのことをわかって、謝罪してくれたからもういいです。おじゃましました」

ぺこりと頭を下げるその様子に、彼の真っすぐな性格と育ちの良さを感じた。きちんと礼儀を教えられ、愛を持って育てられたんだろう。きっと、姉弟そろって大切に。

「私、隼人を下まで送ってきます」

靴を履いた鈴花が、隼人くんとふたりで出ていく。

ぱたんと扉がしまった後、俺は天井を仰いで大きく息を吐き出した。そんな俺を見て穂積があきれたように笑った。

「ようやく誤解がとけたな」

「もしかして、最初から気づいていたのか？」

「なんとなくね。彼女は金のために結婚するような計算高い女には見えなかったし」

「じゃあ教えてくれれば……」

「俺が言ったところで、お前は信じなかっただろ？」

そう言われ、口をつぐむ。確かにそうかもしれない。

「普段女に一切興味を持たない冷めたお前が、鈴花さんに恋人がいると思い込んだ瞬間、柄にもなく感情的になったのは、悪いことじゃないと思ったしね」

「どういう意味だ」

「和樹は彼女が好きだから、恋人がいると思って許せなかったんだよ」

「なにを言っているんだ。あの日はじめて会ったのに、好きなわけがない」

「本当に鈍いな。だからお前はあの日はじめて鈴花さんに会って、ひと目見て惹かれたんだろ」

その言葉に、一瞬頭が真っ白になった。

「俺がひと目ぼれしたって言いたいのか？」

なにを馬鹿なことを言っているんだと笑い飛ばそうとしたけれど、ロビーでひとり佇む鈴花の綺麗な横顔を思い出しただけで意味もなくまた鼓動が速くなる。

まさか、この鼓動の速さや頬のほてりは恋愛感情が原因……？

「彼女は今まで金目当てで近づいてきた女たちとは違う。お前だってそうわかってるだろ」

穂積の言葉になんと返せばいいのか悩んでいると、玄関の扉が開き鈴花が帰ってきた。

「今日は隼人がお騒がせしてすみませんでした」

鈴花は廊下に立ち尽くしていた俺に向かって頭を下げる。その少し照れくさそうな笑顔を見ただけで、心臓のあたりがぎゅっと苦しくなった。

「遅くなっちゃいましたけど、ご飯食べますよね？　穂積さんもご夕食がまだでしたら食べていかれませんか？」

「私もご一緒していいんですか？」

「多めに作ったので、よかったらぜひ」

「新婚若奥様の手料理なんてめったに食べられないので嬉しいです」

「新婚若奥様って……。あんまり期待しないでくださいね」

そんなやりとりをしてリビングへと入っていくふたり。

けれど動揺のあまり動けない俺がその場で立ち尽くしていると、気づいた鈴花が廊下に戻ってきて不思議そうにこちらを見上げた。

「和樹さん、どうしたんですか？」

小首をかしげて顔をのぞきこまれ、その可愛らしさに頭に血がのぼった。

その瞬間自覚した。

どうやら俺はこの可愛らしい妻に、恋をしているらしい。

嫌われるための猛奮闘

「和樹さん、おかえりなさい」

そう言って出迎えると、和樹さんは一瞬動きを止めた。どうしたんだろうと思っていると、和樹さんは我に返ったように小さく首を左右に振ってから「ただいま」と挨拶を返してくれた。

私が家にいるのはわかっているはずなのに、仕事から帰ってきた和樹さんはなぜか毎日私の顔を見て動揺するそぶりを見せる。愛のない契約結婚だから、出迎えなんて必要ないと思っているのかな。そうだったとしても、私はこの出迎えやお見送りをやめる気はないけれど。

彼の言う通り、大人しく飾りだけの妻でいるつもりはない。自分がやりたいと思ったら、家事もするし出迎えもする。それをうっとうしいと思うなら思えばいい。彼の意見を無視して嫌われるのなら好都合だ。

愛想をつかされるために一生懸命頑張って、目指せ離婚だ！と心の中で自分に気合を入れ奮い立つ。

「夕食の準備はもう少しかかりそうなんですけど、先にお風呂にしますか?」

廊下を進みながらたずねると、和樹さんは首を横に振る。

「仕事を持って帰ってきたから、ダイニングで片付ける」

「わかりました。じゃあ、温かいお茶を淹れますね」

私がお湯を沸かしている間、和樹さんはキッチンの目の前にあるダイニングテーブルにタブレットや書類を広げ、真剣な表情で目を通す。

書斎は別にあるのに、最近彼はわざわざリビングやダイニングでお仕事をすることが多い。私のたてる物音が気になったりしないのかな。

なんて思いながら、ティーポットに茶葉とドライハーブを入れて少し蒸す。

出来上がった紅茶をダイニングにいる和樹さんのもとへ運ぶと、匂いにつられたのか彼が顔を上げた。

「なんだか甘い香りがする」

「カミツレの紅茶です。少しだけはちみつを入れたんですけど、和樹さんは甘いもの大丈夫でしたよね?」

テーブルの上に置かれたティーカップの中には、柔らかな湯気を立てるハーブティー。

その透き通った金色の水面を見た和樹さんは、「カミツレ?」と不思議そうに首をかしげた。

「カモミールって言った方が一般的ですかね。リラックス効果があるハーブなので夜にぴったりのお茶なんですよ。ハーブティーはお嫌いでしたか?」

「いや。とくにこだわりはないから、普段コーヒーばかり飲んでいた」

「あんまりコーヒーばかり飲むと、胃によくないですよ。それに夜にカフェインをとると睡眠の質も落ちますし」

わざと嫌われることをして離婚を目指しているけれど、別に和樹さんが憎いわけじゃない。

和樹さんから今まで朝食はコーヒーとサプリメントで済ませていたうえに、仕事が忙しいと食事を抜いてしまうことも珍しくないという話を聞いて、彼の健康状態が心配になってしまった。せめて家にいるときくらいは体に優しいものを口にしてほしくて、和樹さんの食事には気を付けるようにしている。

私の言葉を聞きながら、和樹さんはティーカップに手を伸ばす。ひと口飲んでほっとしたようなため息をついた。

「どうですか?」

「コーヒーと違って苦くない」

彼の素直な感想に、思わず噴き出した。

「ハーブティーですから。やっぱりコーヒーじゃないと物足りないですか？」

「いや。これでいい。確かにリラックスできる気がする」

「よかった。カミツレには安眠作用もあるんですよ」

私がほっとして笑うと、和樹さんがカップをソーサーの上に戻しじっとこちらを見た。男らしい彼に見つめられ、なんだか頬が熱くなる。

「あ、お仕事中なのに話しかけたら邪魔ですよね。すみません。なるべく静かに食事の準備をするので……」

キッチンに戻ろうとすると、彼が引き留めるように私の手を掴んだ。肌に触れた長い指の感触に、一気に心臓が跳びはねる。

「邪魔じゃない」

短くそう言われ、私は驚いて目を瞬かせた。

「鈴花の声や料理をする音を聞いていると、なんだか落ち着く」

私の顔を見上げながら、柔らかい声で言う。

傲慢で冷血な和樹さんが、突然こんな優しい表情を見せるなんて反則だ。

「そ、そうですか……。邪魔じゃないなら、よかったです」

うるさい心臓を鎮めようと深呼吸したけれど、ドキドキしすぎて私の声は少し裏返っていた。これじゃ、動揺しているのがバレバレだ。

真っ赤になった顔を見られたくなくてうつむくと、和樹さんは短く笑い掴んでいた私の手を放してくれた。

キッチンに戻り、シンクに手をついた私は大きく息を吐き出す。そっと触れた自分の頬はまだ少し火照っていた。

和樹さん相手に、なんでこんなにドキドキしているんだろう。ダメだダメだ、と心の中で自分を戒め、頬の熱を払うように首を左右に振る。

そしてお鍋の中にある作りかけの料理を見下ろして、よし、と気を引き締めた。不愉快な騒音で叩き起こしても、料理を失敗しても、なかなか怒らない和樹さんに嫌われるため、私は次なる作戦を考えた。その名も『わざと嫌いなものを作って和樹さんをうんざりさせよう作戦』だ。

和樹さんのお仕事もひと段落し、ふたりで向かい合ってテーブルにつく。食卓の上に並んだ料理を見て、和樹さんはぐっと言葉につまった。

「これは……」

「新鮮で美味しそうなナスがあったので、たくさん買っちゃったんです」

私がにっこりと笑うと、彼は眉をひそめてお皿のひとつひとつを見る。ナスと鶏肉の甘酢炒め、ナスの浅漬け、ナスの焼きびたしにナスと油揚げのお味噌汁。主菜から副菜、汁物までとことんナス尽くしの夕食。

紫色の料理が並んだテーブルの上を見て、和樹さんがたじろぐのが伝わってくる。秘書の穂積さんに、和樹さんの苦手な食べ物を前もって聞いていたのだ。もちろんこれは和樹さんに愛想をつかされるための、嫌がらせの一環。

「もしかして、ナスはお嫌いでしたか？」

すっとぼけてそう聞くと、和樹さんが顔をしかめてうなずく。

「そうですか。じゃあ無理しないでください。余ったら私が明日のお昼に食べますし、浅漬けは隼人に届けてあげようかな」

わざわざ嫌いな物を作ったんだから、食べてくれないことなんて想定済みだ。険しい表情を浮かべる和樹さんに満足した私がにこやかにそう言ってお皿を下げようとすると、和樹さんが私の手を掴む。

「いや、食べる」

「でもナスはお嫌いなんですよね？」

「別に食べられないわけじゃない」

とは言いつつ、その表情はものすごい仏頂面だ。あきらかに無理をしているのが伝わってくる。

「そんな気を使わなくても、ほかになにか作りますよ？」

「いい」

和樹さんはかぶりを振る。そして意を決したように甘酢炒めのナスに箸を伸ばした。ナスを持ち上げたのはいいけれど、口に運ぶ前にまた動きが止まってしまう。じっとナスを見下ろす表情は真剣そのもので、見守っている私までなんだかハラハラしてきた。

「あ、あの。和樹さんはナスのなにが苦手なんですか？　食感ですか？　味ですか？」

思わず問いかけると、和樹さんは視線をナスに向けたまま「見た目だ」と短く答える。

「見た目、ですか？」

「なんだか黒光りしていて、虫みたいだろ」

「虫って……！」

大真面で言った和樹さんの答えが意外すぎて、噴き出してしまった。

「変か？」

むっとしたように聞かれ、口元を手で隠しながらなんとか笑いをこらえる。

「だって、虫みたいだからナスが苦手なんて」

「子供の頃、家政婦に食わず嫌いはよくないと、無理やり口の中につっこまれて吐き出したことがある」

もともと見た目が苦手だったのに、その強引なやり方で、余計に受け付けなくなってしまったんだろう。

「もしかして、それ以来一度もナスを食べたことがないんですか？」

そう問うと和樹さんはうなずいて顔をそらす。

横を向いた彼は不機嫌そうな表情を浮かべているけれど、その頬がわずかに赤らんでいるのに気づいて、私は笑いをこらえきれなくなった。

「もう、和樹さん子供みたい……っ」

肩を揺らしながら笑うと、和樹さんの頬がますます赤くなる。それがまた面白くて笑いをとめられずにいると、和樹さんは私を睨んだ。

「子供みたいで悪かったな」

いつも偉そうで傲慢な彼が、不貞腐れたようにこちらを見る。その普段は見せない表情を、なんだか可愛いと思ってしまう。

「いえ、和樹さんの意外な一面を知れてよかったです」

くすくす笑いながら首を横に振ると、和樹さんは「こんな情けないところを、鈴花に知られたくなかった」とひとりごとのように漏らした。

「和樹さんがどれだけナスが苦手かわかったので、もう食卓に並べないようにしますね」

そう言った私の前で、和樹さんは不機嫌な表情のまま箸で掴んだナスを口の中に入れる。

あ、食べた！と驚いているうちに、彼はナスを咀嚼《そしゃく》してのみ込んだ。

「だ、大丈夫ですか？」

私が慌てて声をかけると、和樹さんも少し驚いたような表情をする。

「はじめて食べたが、味は美味しい」

「無理してませんか？」

「見た目が虫っぽいから苦手だったが、鈴花が作ったものなら大丈夫だ」

そう言われ、言葉につまった。

和樹さんは深い意味もなく言ったんだろうけど、私の作るものなら大丈夫と信頼してもらえたような気がして、胸がきゅんと騒いでしまう。

私が黙り込んでいると、和樹さんは、今度は焼きびたしに箸を伸ばした。

「こっちも味が染みていて美味い」

「本当ですか？　もしよかったら生姜やみょうがなんかの薬味を用意していますし、すだちをしぼってかけても美味しいですよ」

薬味がのった小皿を差し出すと、和樹さんはうなずいて受け取る。小皿に取ったナスの焼きびたしにすだちをしぼるその表情はどこか楽しげで、本当に料理の味を気に入ってくれたことが伝わってきた。

ナスはあんなに苦手だったのに、私の料理を食べてくれている。その様子を見ていると、嬉しくて胸のあたりがそわそわと落ち着かない気分になる。

おかしいな。和樹さんに嫌われるために彼の苦手な料理を作ったはずなのに。食べてもらえて嬉しいと感じるなんて、矛盾してる。

食事を済ませた後、お風呂から出てリビングに行くと、ソファに座り本を読む和樹さんと目が合った。

「あ、お風呂空いたのでどうぞ」

私がそう言うと、彼はうなずいて読んでいた本を閉じた。立ち上がりバスルームへ向かうのかなと思っていたのに、和樹さんはソファに座ったまま私に「おいで」と声をかけてきた。

どうしたんだろう。

こてんと首をかしげながら和樹さんの座るソファに近づくと、手を取られ膝の間に座らせられた。後ろから抱き込むような態勢に、緊張して思わず身を硬くする。

なんだこの距離感。今までこんなこと一度もなかったのに。突然どうしたんだろう。

「か、和樹、さん……?」

ぎこちなく名前を呼んで後ろにいる彼を見上げると、和樹さんは落ち着いた様子で口を開く。

「俺と鈴花は愛のない契約結婚をした」

「はい……」

「だけど、俺は愛する妻と結婚し、幸せに暮らしているとアピールしないと契約結婚をした意味がない」

和樹さんがなにを言いたいのかわからなくて、私は首をかしげながらうなずいた。

「仲睦まじい夫婦を演じるためには、普段から少しくらいのスキンシップは必要だと思わないか？」

「スキンシップ……」

まぁ確かに。普段の私たちは夫婦どころか、ちょっとした知り合い程度の他人行儀な距離感だ。ふたりでいるところを誰かに見られても、仲睦まじい新婚夫婦だとは思われないかもしれない。

「スキンシップをすることになにか問題はあるか？」

「とくに問題はないですが……」

とはいえ、スキンシップっていったいなにをするんだろう。そう思っていると和樹さんが私に確認するように言う。

「じゃあ少しだけ、抱きしめさせてくれ」

「抱きしめるって、あの、でも……っ」

私が戸惑っている間に、和樹さんの長い腕が私の体の前でクロスされる。密着した体に、一気に鼓動が速くなる。

「こうやって抱きしめられるのは嫌か？」

「い、嫌ではないです」

「じゃあ、朝と夜くらいなら鈴花を抱きしめてもいいか?」

「いい、ですけど……」

私の気持ちを確認するように、横から顔をのぞきこまれた。

今の自分の顔を見られたくない。きっと頬は真っ赤だし動揺しすぎて目は潤んでいる。後ろから抱きしめられただけでこんなに取り乱していると知られたら、絶対馬鹿にされる。

なんとか腕の中から逃げようともがいたけれど、閉じ込めるようにぎゅっと腕に力を込められ、さらに密着度がました。

背中に触れたたくましい胸板に、男の人に抱きしめられているということを実感して、一気に体温があがっていく。

「頭から湯気が出そうなくらい真っ赤だな」

私の横顔を観察してつぶやく和樹さんに、泣きそうになりながら反論する。

「だ、だって、こういうのはじめてなんですから、仕方ないじゃないですかっ!」

こっちは恋をしたことも、手を繋いだこともないのに、いきなりハグなんて難易度が高すぎる!

真っ赤な顔で睨むと、和樹さんは機嫌よさそうに笑った。

「そうか。はじめてなのか」

再確認するようにしみじみとつぶやく和樹さんは意地悪だと思う。

「私が恋愛経験ゼロだって、知ってるくせに……」

頬をふくらませて黙り込むと、和樹さんは私の肩にあごをのせこちらをのぞきこむ。

「どうした。居心地が悪いか？」

耳元で問いかけられ、吐息がわずかに耳たぶに触れた。

私だけに向けられた低く艶のある声が鼓膜を揺らし、それだけで首筋のあたりがそわそわしてしまう。

「い、居心地が悪いわけじゃなくて……」

そうつぶやくと「ん？」と首をかしげられた。

「ドキドキしすぎて心臓が壊れそうなんですけど、こういうときってどうすればいいんですか？」

真剣な表情でうったえると、和樹さんがじっと私を見つめたまま黙り込む。変なことを聞いてしまったかなと首をかしげていると、和樹さんはなにかをこらえるように眉をひそめため息をひとつついた。

「深く考えないで、身を任せればいい」

そう言われ、なるほどと小さくうなずく。

身を任せればいいって、こういうことかな。そう思いながら緊張でこわばった肩から力を抜き、後ろから抱きしめる和樹さんの胸によりかかる。

こてんと彼の首筋に頭をあずけると、こちらを見下ろす和樹さんと目が合った。

少し驚いたような和樹さんの表情に私が目を瞬かせていると、みるみる彼の顔が赤くなっていく。私を抱きしめている腕に何度か力が入りかけ、けれどためらうように動きを止める。

そんなことを繰り返してどうしたんだろう、と思っていると、頬に触れたたくましい胸から彼の鼓動が伝わって来るのに気がついた。とくんとくんと脈打つ鼓動を聞きながら、目を閉じる。

「……よかった」

小さな声でつぶやくと、和樹さんが不思議そうに首をかしげた。私は瞳を開き、こちらを見下ろす和樹さんに微笑みかける。

「和樹さんもドキドキしてるから、緊張しているのが私だけじゃなくてよかったと思って」

はにかみながらそう言うと、和樹さんは口もとを手で隠し「参った……」とつぶやいて黙り込む。

「どうしたんですか?」

そう問うと、彼は「なんでもない」とかぶりを振りため息をついた。

「今日の夕食は家で食べられそうですか?」

翌朝テーブルを挟んで一緒に朝食をとりながら聞くと、「大丈夫だと思う」と和樹さんはうなずいてくれた。

「なにか食べたいものありますか?」

「なんでもいい。鈴花が作ってくれるものなら」

「またナス尽くしでも?」

そう問うと、和樹さんは「もうナスは克服したから大丈夫だ」とうなずく。

そんな和樹さんに、私は心の中で『手ごわい……』とつぶやいた。

昨夜は嫌われるためにわざわざ彼の苦手な食べ物を食卓に並べたのに、料理を残すのは悪いと思ったのか、和樹さんは全て綺麗に食べてくれた。怒らせるどころか、逆に気を使わせてしまった気がする。

なんだか良心が痛むから、今日は彼の好きなものを作ってあげよう、なんて考えている間に、和樹さんは朝食を食べ終え席を立つ。

素早く支度を終えた彼を、玄関まで見送りに出た。

「行ってくる」

靴を履いた和樹さんが私を振り返る。

「はい。お仕事頑張ってくださいね」

そう言って見送ろうとすると、彼が私に向かって緩く腕を開く。その意図を察して、頬を赤くしながら和樹さんの顔を見上げると、いつも仏頂面の彼の表情がわずかにほころぶのがわかった。

意を決して、自分から和樹さんの方へ近づく。一歩、二歩。おずおずと進み距離がつまると、和樹さんは私の体をさらうように抱きしめた。

契約結婚とはいえ、少しくらいのスキンシップは必要だろうという彼の提案で、寝る前や仕事に出かける前に、軽いハグをすることになった私たち。ハグなんて海外ではただの挨拶だし、なんの問題もない。そう自分に言い聞かせ了承した私だけど、予想と現実はまったく違った。

背中に回った腕の感触や、私の頬に触れるたくましい肩。緊張しながら視線をあげれば、男性的なあごのラインが見える。恋愛経験ゼロの上、男性への免疫も皆無で、ハグどころか異性と手を繋いだこともない私は、抱きしめられるだけでこんなにドキドキしてしまうなんて知らなかった。

　和樹さんにハグをされている間、どんな表情でどんな態度をとればいいのかわからない私がただひたすら硬直していると、頭上でくすりと笑う気配がした。そしてようやく腕が緩められる。

「じゃあ、行ってくる」

　どことなく機嫌良さそうに言って、玄関を出ていく和樹さん。そんな彼を見送ってから、私はへなへなとその場にしゃがみこんだ。

　……もう、ドキドキしすぎて心臓が壊れるかと思った。

　そう思って胸を押さえていると、閉まったはずのドアが開く。

　なんだろうと視線を上げると、「ひとつ言い忘れた」と言って和樹さんが顔をのぞかせた。

「今日荷物が届くから、受け取っておいてくれるか？」

「お荷物、ですか？」

「オーダーしていたスーツが届く予定なんだ」

「わかりました」

さすが大宮建設の副社長の和樹さん。いつもスーツ姿が素敵だと思っていたけれど、やっぱりオーダーなんだな、と感心しながらうなずく。

すると和樹さんは玄関でしゃがみこんでいる私のことを見下ろして笑う。

「それにしても、そんなところに座り込んでどうした？」

「えっ⁉」

指摘され、はっとした。『ドキドキしすぎて玄関に崩れ落ちていました』なんて言えるわけがない。

「なんでもないですっ！」

慌てて立ち上がろうとして、スカートのすそを踏んでしまった。バランスを崩した私を、和樹さんが手を伸ばし抱き留めてくれる。

気づけば、また私は和樹さんの腕の中。

「大丈夫か？」

耳元で艶のある声に問いかけられ、一気に体温が上がった。

「だ、だだだだ大丈夫ですっ！」

動揺を隠せない私に、和樹さんは目を細めてくすくすと笑う。

「じゃあ、行ってくる」

潤んだ私の目元を長い指でなぞってから、わずかに微笑んで出ていく和樹さん。愛のない契約結婚なのにこんなに動揺してしまうなんて、情けない。

しっかりしなきゃ。私は自分にそう言い聞かせて熱い頬をぱちんと叩いた。


和樹さんを見送った後、部屋を掃除したり洗濯をしたりしていると、私のスマホに電話がかかってきた。見れば隼人からの着信だ。

電話に出ると『姉ちゃん今大丈夫？』と聞きなれた弟の声が聞こえてくる。

「大丈夫だよ」と答えて、スマホを耳にあてながらソファに座った。

『あれからどう？　あいつに嫌がらせとかされてない？』

「和樹さんとふたりで生活するなんてケンカばかりになりそうで心配だったけど、意外とうまくやってるよ」

父に劣らず心配性の弟に苦笑いしながら答えると、なぜか隼人の声が不機嫌になる。

『うまくやってどうするんだよ』

「どうして？」

『あいつに嫌われないと、離婚できないだろ』

「あ、そっか」

納得してそうつぶやくと、電話の向こうから大きなため息が聞こえてきた。

『もー、ほんと姉ちゃんはお人好しでのんきなんだから！　このままあいつと愛のない契約結婚を続ける気かよ』

「いや、一応嫌われる努力はしているんだよ？」

『どんな？』

「朝目覚ましが鳴る前に大きな音を出して起こしたり、料理を失敗したり、嫌いな物を食卓に出したり……」

『そんなのぜんぜん甘いよ。もっと本気出さなきゃ』

「本気って言われても」

私だって頑張っているつもりだけど、和樹さんが意外と優しくてなにをしても怒らないんだから仕方ない。

そう言うと、隼人はため息をついた。

『もっと相手が本気で嫌がることをしないと意味ないだろ。勝手に高価なものを買いまくって散財するとか、あいつの大切なものを壊すとか』

「そんなことしたら、和樹さんを困らせるじゃない」

『困らせて嫌われるのが目的なんだから、当たり前だろ』

「あ、確かに……」

『離婚はできるだけ早い方がいいよ。お人好しな姉ちゃんのことだから、長く一緒にいたら情に流されて相手のいいように言いくるめられるに決まってる。どうせあいつだって姉ちゃんのことなんて好きじゃないんだから、さっさと嫌われて愛想つかされろよ』

電話の向こうから言われた隼人の言葉が、胸に深く突き刺さった。

……そうか、どうせ和樹さんも私のことなんか好きじゃないんだ。

最初から愛のない契約結婚だってわかっていたはずなのに、改めて言われるとなぜか胸がずきりと痛んだ。

「うん。嫌われるように、ちゃんと頑張る」

私がそう言うと、隼人は安心したように息を吐き出した。


その日の夕方、買い物から帰り、食材を冷蔵庫にしまっていると、ピンポーンとインターフォンが鳴った。和樹さんが言っていた荷物が来たんだなとインターフォンの画面を見て対応すると、上品な印象の老紳士がスーツを届けに来てくれた。

「ありがとうございます」と玄関のドアを開ける。すると彼は私のことを見てしわのよった目元に柔らかな笑みを浮かべた。

「和樹さんの奥様ですね。はじめまして」

「お、奥様……っ⁉」

確かに和樹さんと私は結婚したけれど、奥様なんて呼ばれたのははじめてで一気に頬が熱くなる。

「先日の大宮建設の五十周年パーティに参加された方々が、みなさんそろってとても綺麗な奥様だと噂されていましたよ」

「そ、そんな噂が……？」

「スーツの採寸をする間、お客様の噂話に耳を傾けるのも私の仕事のひとつですから」

驚いて目を見開いた私に、老紳士は柔らかく微笑みかける。

きっとあのパーティに招待されるような上流階級のセレブ御用達の高級テーラーなんだろう。

「それに、先日来店した和樹さんも、とても幸せそうに新婚生活のことを話してくださいましたよ」

「和樹さんが……？」

その言葉に、スーツを受け取ろうと差し出した手が止まった。和樹さんが私のことを誰かに語るなんて、なんだか意外だ。

驚いて聞き返した私に、老紳士はおだやかにうなずき和樹さんが語ったという言葉を教えてくれる。

「今まで正直結婚に興味はなかったけれど、誰かが自分のために料理をしてくれる音を聞きながら過ごす時間に、こんなに心が満たされるだなんて思わなかったと」

そう言われ、私がキッチンで料理をしている間、ダイニングで仕事をする彼の姿を思い出す。物音や水音の響く中でお仕事をして気が散らないか心配だったけれど、彼はあの時間をそんなふうに思っていてくれたんだ……。

私が黙り込むと、老紳士は優しい表情で口を開く。

「和樹さんは幼い頃にお母様を亡くして家庭的な愛情に飢えていたので、そんなささやかなひとときが新鮮でやすらげるんでしょうね」

なにかが胸に込み上げてきて、少し苦しくなる。

「そんなこと、私にはなにも言ってくれなかったので、知りませんでした……」

どうしていいのかわからなくて、口を覆って眉を下げる。するとそんな私を見て彼はくすりと笑った。

「大宮様には先代のご主人からずっとご贔屓にしていただいていて、和樹さんのことも幼い頃から知っていますから、思わず気を許して本音をこぼしてしまったんでしょうね」

その言葉を聞きながら、とくんとくんと鼓動が速くなっていく。

落ち着け、自分。私たちはお互いの利益のために契約結婚をしただけで、愛なんてないんだから。和樹さんだって言っていたじゃない。私のことを愛するつもりはないって。必要なのは妻という名の飾りだって。

テーラーで語った言葉も、円満な結婚生活を送っているというアピールのためだったんだろう。決して彼の本心じゃない。そうわかっているのに、なんで私は嬉しいと感じているんだろう。

こんなんじゃ隼人の言う通り、彼と一緒に過ごすうちに情に流され丸め込まれてしまう。この生活を幸せだと勘違いしないように、早く彼に嫌われないと。そう思うと、今度はなぜか胸が痛くなった。

テーラーの老紳士が帰った後、受け取ったスーツを和樹さんのクローゼットがある主寝室へ運ぶ。私が使っている部屋よりもひと回り広いその寝室には、存在感満点のキングサイズのベッドが置いてあって、いつも少し緊張してしまう。

ハンガーにかかったスーツをクローゼットの扉にかけて、ふぅっと息を吐き出した。

上品なチャコールグレーのスーツを見ながら、電話で隼人に言われた言葉を心の中で繰り返す。

『もっと相手が本気で嫌がることをしないと意味ないだろ。勝手に高価なものを買いまくって散財するとか、あいつの大切なものを壊すとか』

このオーダーメイドのスーツは、きっとすごく高価なものだろう。まだ一度も袖を通していないスーツを私がやぶいてしまったら、さすがに和樹さんも怒るはず。

リビングから切れ味のいいハサミを持ってきて、スーツと向き合う。

よし。これでスーツを切ってしまえば、嫌われること間違いない。愛想をつかされ離婚へ一歩近づける。

だけど……。

意を決してハサミを持ってスーツに近づいたけれど、寸前で手が止まる。優しげで上品な老紳士の顔が頭に浮かんでしまった。あの人が丹精込めて仕立てたスーツをダメにしてしまうなんて申し訳ない。

いや、心を鬼にして嫌われることをしないといつまでも離婚できないし。

でも厳しかった祖母に物を大切にしなさいと小さな頃からしつけられてきたのに、

こんな無駄なことをするなんて心が痛い。でも、でも……っ！

主寝室の中をうろうろしながら頭を抱えたりスーツに向き合ったりしていると、持っていたハサミが手から滑り落ちた。

「あ……っ」

慌てて持ち直そうとしたけれど、ハサミは指をすりぬけ落ちていく。

そして――

「きゃーーーーっ‼」

予想外の展開に、私はひとり悲鳴をあげた。

＊　＊　＊

社外での仕事を終え執務室に帰ると、デスクの上には稟議の必要な書類や、明日の会議のための資料、留守中にあった電話やメールの用件などがわかりやすくまとめられていた。優先順位の低いものは明日に回すことにして、今日中に片付ける必要のある書類へ順番に目を通す。

以前なら目の前の仕事が全て片付くまで会社に残っていた。深夜まで仕事をしたり、帰るのが面倒で執務室のソファで仮眠をとったり、なんてことも珍しくなかった。けれど鈴花と結婚してからは変わった。

誰かが待っていてくれる家に帰るのが、こんなに心休まるものだとは知らなかった。

食事なんて高級レストランだろうがサプリメントだろうが、胃に入り栄養になれば変わらないと思っていたはずなのに、鈴花が俺のために用意してくれる料理を毎日楽しみにしている自分がいる。彼女が作ったと思えば、一生口にすることはないだろうと思っていたナスでも食べることができた。自分でも驚きだ。

少しでも早く鈴花の顔が見たくて、余裕のある仕事は残し、時間を決めて切り上げるようになった。

それで効率が落ちるかと少し心配もしていたが、毎日ゆっくり休み気持ちを切り替えているせいか、逆に仕事がはかどっている気がするし、鈴花が俺のために作ってくれる手料理のおかげか体調もいい。私生活が充実すると仕事にも張りが出るなんていうけれど、まさに今の自分のことだと思う。

今朝、玄関でスキンシップだとハグを求めると、少し戸惑いながらも照れくさそうにこちらに近づいてきた鈴花の姿を思い出し勝手に笑みが漏れた。

細い腰を抱き寄せると、頬にさらさらの髪が触れふわりと甘い香りがした。緊張で体を強張らせる慣れない様子がかわいすぎて、仕事に行きたくないと思った。できればこのままずっと鈴花を抱きしめて一日過ごしたい。そう思った。

つねに仕事が最優先で恋愛にいっさい興味のなかった俺が、そんな浮かれたことを考えるなんて自分でも信じられないけれど、頭の中は可愛い妻のことでいっぱいだった。

改めて、今まで自分がどれだけ他人に無関心だったかを思い知る。

どうすれば彼女が笑ってくれるだろう。どうすれば喜んでくれるだろう。今までそれなりに女性と付き合ってきたのに、そんなことを真剣に考えるのははじめてだ。

「副社長、失礼します」

そう言って入ってきた穂積に、資料から視線を上げた。

「どうした？」

「MAパートナーズという投資ファンドから出資をしたいと話が来ているんですが」

穂積の言葉に手をとめて少し考える。

「MAパートナーズ……。たしかアジア系の投資ファンドか」

「そうです。うちが香港《ホンコン》での地下鉄新設工事の有力候補に挙がっていると聞きつけたのではと」

「まだ受注も決まっていないのに、ずいぶん耳ざといな」

香港の地下鉄新設工事は、俺が半年前まで先頭に立って進めていた案件だった。大宮建設の技術力を武器にあちこちに根回しし、設備を整え、人員をそろえ、工事を受注できるだけの信頼と土台を築いてきた。

これで無事勝ち取れば一千億円規模の受注になるし、さらなる海外進出の足掛かりにもなる。それにともない、十分な資金を得たいのも事実だが……。

「このタイミングで出資を申し出てくるなんて、李《り》グループの息がかかっているのは間違いないだろうな」

李グループというのは香港有数の大企業で、政府とも深いパイプを持ち絶大な権力を握っている一族だ。

敵には回したくない。けれど近づきすぎればのみ込まれかねない。そんなやっかいな相手。

「そうでしょうね」

「あちらに付け入る隙を与えたくはないし、工事を受注できれば今取引をしている銀行から十分な額の融資を受けられるだろうから、話を聞く必要はない」

俺が首を横に振ると、穂積は「わかりました」と短くうなずいた。

「急ぎの仕事は片付いたから、今日はそろそろ切り上げる」

パソコンの電源を落としながらそう言うと、穂積はそれまでの礼儀正しい秘書の顔をやめ意地悪く笑う。

「可愛い新妻が待つ自宅に、一秒でも早く帰りたいんだ？」

「その通りだ」

そんな嫌味に素直にうなずく俺を見て、穂積は驚いたように目を丸くした。


穂積の運転する車で、いつものように自宅に帰る。俺が玄関のドアを開けると、いつもは出迎えてくれる鈴花が廊下に出てこない。

どうしたんだろうと不思議に思っていると、俺が使っている主寝室の方から
「きゃーーーーっ‼」と切羽つまった悲鳴が聞こえてきた。

鈴花の声に顔色を変える。いったいなにがあったんだ。もしかして強盗が入り込んだり、怪我をしたり……⁉

慌てて主寝室のドアを開くと、そこには真っ白な世界が広がっていた。

「な……っ」

なんだこれは、と目を見開く。

部屋中にふわふわした真っ白なものが漂っている。そんな部屋の中心で床にぺたりと座り込み涙目で途方にくれる鈴花を見つけて、慌てて駆け寄った。

「大丈夫か？」

俺が声をかけると、瞬きをしてこちらに視線を向ける。動揺しているんだろう、大きな瞳が俺を見た途端さらに潤んでいく。

「か、和樹さん、すみません……っ」

涙声で謝られ、「謝罪なんていいから、怪我はないか？」と厳しい声で問うと、鈴花はゆるゆると首を左右に振った。どうやら怪我はないようだ。

ほっとして鈴花を見るとその栗色の髪にも洋服にも、白いふわふわしたものがたくさんついていた。そのひとつに手を伸ばし指でつまみ上げてみる。

「羽毛……？」

俺がつぶやくと、鈴花は眉を下げて視線をベッドへと向ける。そこには大きく切り裂かれた羽毛布団があった。

羽毛布団を破ってしまい、中から大量の羽毛が噴き出しひとりでパニックになっていたらしい。

「すみません……。間違ってハサミが布団に突き刺さってしまって、慌てて手で塞ごうとしたらどんどん羽毛が噴き出してきて……」

　肩を落として説明する鈴花は、全身羽毛まみれだ。彼女が少しうごくたびに、髪や洋服についた羽がふわふわと揺れる。

　可憐な彼女にその白い羽はものすごく似合っていて、目の前にいるのは天使かな？　なんて馬鹿げたことを考えてしまう。

　どうしよう。このまま力いっぱい抱きしめてなで回したい。そんな欲望を表に出さないよう必死にこらえながら、紳士的な態度をとる。

「布団なんて買い替えればいい。それより怪我がなくてよかった」

「部屋をこんなにめちゃくちゃにしてしまったのに、怒らないんですか？」

　あちこちにふわふわの羽毛をつけた鈴花が、涙目で俺を見上げた。こんな可愛い顔で見つめられたら、怒れるわけがないだろう。

　とはいえ、床もベッドの上も見事に羽毛で真っ白になった部屋を見回して少し考え込む。

「そうだな。これでは今夜はこの寝室を使えそうにないから、ホテルに泊まるか」

「ホテル？」

「たまにはいいだろ？　今部屋をとる」

ぽかんとする鈴花の前でスマホを取り出しホテルに電話をかける。

仕事や会食でいつも使っているホテル。顔なじみの支配人とひとことふたこと話しただけで、すぐに部屋を確保できた。

次にマンションのコンシェルジュに電話をし、羽毛まみれの寝室のクリーニングと新しい羽毛布団の手配を頼む。今夜はゆっくりホテルで過ごし、明日帰ってきた頃には全て元通りになっているはずだ。

「これでなにも問題はなくなった」

電話を切ってそう言うと、鈴花は事態についていけないようできょとんとした表情で目を瞬かせていた。


「うわぁぁぁぁっ！」

ホテルの部屋に入った途端、鈴花が顔を輝かせた。

足元にはクラシックなアラベスク柄のカーペットが敷き詰められ、頭上には光の粒を繋ぎ合わせたような繊細なシャンデリア。

腰壁がついた真っ白な壁に、ヴィクトリアン調の華やかなインテリア。白い革のソファや大理石のテーブル。そしてその上に飾られた豪華な花。ひとつひとつを見つめるたびに、小さな唇からうっとりとしたため息が漏れる。

「すごい……。こんな素敵なお部屋、はじめて入りました」

感激しすぎて疲れたのかどこかぼんやりとした口調でつぶやく鈴花に、笑いながら近づく。

「実家が高級老舗旅館なのに、ホテルのスイートルームくらいで驚くんだな」

「だって、純和風のうちの旅館とはまったく違うので……」

鈴花はそう言いながら、はしゃいでしまった自分を恥ずかしがるようにこちらに背を向ける。たしか、はじめて俺のマンションに来たときも、フローリングやドアにいちいち感動していたっけ。彼女の素朴さが可愛らしくて、思わず笑みが漏れる。

「気に入ったか？」

「もちろんです！」

こくこくと勢いよく首を縦に振ってから、「でも……」と鈴花は眉を下げた。

もしかして、ふたりでこの部屋に泊まるのは嫌だと言われるかなと思っていると、彼女はまったく違う心配を口にする。

「でも、あんなに大きな羽毛布団をダメにしてしまった上に、豪華なスイートルームに泊めてもらうなんて、和樹さんにたくさん出費をさせてしまって申し訳ないです」

そんな堅実な彼女に、ぷっと小さく噴き出した。

今は経営難におちいっているとはいえ、老舗旅館のお嬢様として育てられてきたというのに、驚くくらい堅実で庶民的な彼女がいじらしく可愛く思えて仕方がない。

「そんなこと、気にしなくていい」

俺がそう言うと、本当に？と問いかけるような上目遣いを向けられる。わずかに首をかしげてこちらを見上げる表情に、ぐっと心臓をわし掴みにされた。

彼女の背後には、大きく豪華なベッドがある。そこに押し倒して組み敷いてしまいたい。なんて欲望が湧き上がって、慌てて俺は視線をそらした。

「もしこういうインテリアが好きなら、自宅のマンションも鈴花の好きなように改装すればいい」

「そ、そんな。とんでもないです……！」

「家にいる時間は俺より鈴花のほうが長いんだから、遠慮することはない」

「今の和樹さんのお部屋で十分快適ですし、たまにお泊りするならいいですけど自宅がこんなヨーロッパ調のゴージャスなお部屋だったら落ち着きませんから」

鈴花はぷるぷると首を横に振りながらそう言う。そしてなにか考え込むようにうつむいてしまった。

「それに、いつまで私があのお部屋にいられるかもわからないし……」

ひとりごとのように漏らした言葉の意味がわからなくて、「なんだ？」と問うと鈴花は慌てて顔を上げた。

「なんでもないです！」

とりつくろうように笑顔を浮かべた彼女の髪に、白いものがついているのに気づいた。自宅を出る前に鈴花の全身についた羽毛を一生懸命とったのに、まだついていたのか。

苦笑しながら近づくと、鈴花が緊張したように身を硬くする。

「和樹、さん……？」

彼女の戸惑いにかまわず近づき髪に手を伸ばすと、細い肩がぴくりと揺れた。さらさらの髪に触れ、そっと指ですく。そして指先で小さな羽毛をつまんで彼女に見せると、緊張気味だった顔がふわりと花開くようにほころんだ。

「あ、まだついていたんですね」

照れくさそうに言いながら、「ありがとうございます」とこちらを見上げて微笑む。

その可愛らしさに、胸になにかが突き刺さった気がした。

ホテルの部屋でふたりきりで、俺たちは夫婦で……。このまま彼女を押し倒しても、なんの問題もない気がしてくる。

いやでも、彼女とは契約結婚で愛はないと俺自身が宣言しているのに、今さら好きになってしまった、なんて言ったら身勝手すぎると軽蔑されるかもしれない。

せっかくふたりでの生活に慣れはじめて少しずつ距離が近づいてきたのに、ここで警戒されるようなことはしたくない。

そんなことをぐるぐる考えていると、彼女の小さな手が俺の肩に触れた。

俺が驚いていると、彼女が一歩こちらに近づきつま先立ちで背伸びをする。近づいた顔に、『これはキスをせがんでいるのか?』なんて考えがよぎって一気に頭に血がのぼる。

細い腰に腕を伸ばし抱き寄せようとしたとき、彼女が背伸びをやめて微笑んだ。

「和樹さんの髪にもついていました」

そう言って俺に指先でつまんだ羽毛を見せる。

「ふたりで髪に羽をつけてホテルに入ってきたなんて、なんだか恥ずかしいですね」

無邪気に笑う彼女の可愛らしさに、理性が音を立てて崩れたような気がした。

我慢できずに腕が勝手に彼女の腰を抱き寄せる。そしてそのまま背後にある大きなベッドに押し倒した。

「きゃ！」

小さく悲鳴をあげた彼女を組み敷いて見下ろす。

「和樹さん……？」

ぱちぱちと目を瞬かせこちらを見る鈴花に覆いかぶさり、細い首筋を唇でなぞると華奢な体が大きく震えた。

白い肌が熱を持ち、みるみる赤く染まっていく。

「あ、あの。これもスキンシップですか……？」

戸惑ったように眉を下げた鈴花に、思わずぷはっと噴き出した。ホテルのベッドに押し倒されているというのに、まったく危機感のない彼女の純粋さにつけ込んで微笑む。

「そう。夫婦らしくなるために必要なスキンシップだ」

こんな言葉で丸め込んで彼女を押し倒すなんて、悪い大人だと自分でも思う。けれど、彼女に触れたいという欲望には勝てなかった。

頬にかかった髪を指で払い、あらわになった耳に唇を寄せる。耳の形を確かめるように唇でなぞると、鈴花は首をすくめて「んっ、ううう……！」と小さな声をもらした。

まったく色気のないその声が、恋愛に不慣れな彼女らしくて逆に愛おしくてたまらなくなる。

柔らかい耳たぶを唇でそっと噛むと、慌てた鈴花はギブアップだというように何度も俺の肩を叩く。

「和樹さんっ！　ちょっと、待ってくださいっ！」

「どうして？」

「いくらなんでも、スキンシップが過ぎますっ！」

「そうか？　このくらい、普通だと思うが」

「こ、これは、普通なんですか……？」

お人好しで純粋な彼女が丸め込まれているうちに、唇を耳から首筋にすべらせる。体の下でじたばたともがく脚に体重をかけて抑え込み、優しく頭をなでながら細い首にキスを降らす。

「ん……っ、和樹さん……」

色気の一切なかった鈴花の声がゆっくりと湿り気を帯びていくのがわかって、体が熱くなった。

「どうした？」

髪をなでて優しく問うと、潤んだ瞳がこちらを見上げる。

「なんか、私、変です……」

「変って?」

「わ、わからないけど、和樹さんに触られるとなんだか……」

そう言うと鈴花は顔をそらし、横をむいてしまった。

そのまま口をつぐんだのをいいことに、無防備になった綺麗な首筋にまたキスをする。頭をなでていた手をゆっくりと下に移動して服の上から胸のふくらみに触れると、それまでじっとしていた鈴花が突然跳び上がった。

「きゃーーっ‼ なにするんですかっ!」

急に叫ばれ、少し驚いて体を起こす。

ふたりきりでベッドの上で、この雰囲気で。なにをするかなんて決まっているだろう。そう思っていると、鈴花は枕をこちらに投げつけてベッドから逃げ出した。

「い、いきなり胸に触るなんて、ルール違反ですっ‼」

毛をさかだて威嚇する野良猫みたいな表情で、距離をとって俺を睨む。

「ルール?」

ルールっていったいなんだと首をかしげた。

「こういうのはちゃんと、恋人同士がデートをしたり手を握ったりキスをしたり、段階を踏んで進まないと……っ‼」

真っ赤な顔でうったえる鈴花に、思わず俺は顔を覆った。なんだその主張。いくらなんでも純粋すぎるし、可愛すぎる。

そういえば、過保護な父親のせいで恋をしたこともないと言っていたな。ずっと女子校育ちでバイトもせず、箱入りで育てられてきた彼女は、少女漫画みたいな健全で可愛らしい恋愛が当たり前だと思っているんだろう。

そんな純真無垢な彼女は、いきなりベッドに押し倒した俺のことを、天敵を見るような顔で部屋の端から睨んでいた。

警戒する子猫のようにフーっとうなり声をあげそうだ。その様子がまた可愛くて頭を抱えたくなる。

俺の妻が可愛すぎてつらい。

「絶対こっちに入ってこないでくださいね！　指一本でもこちらにいれたら死刑ですから！」

俺に対する警戒心をむき出しにして、キングサイズのベッドの中央に枕やクッションでバリケードを作る鈴花。

「死刑か」

俺がそうつぶやくと、真剣な表情で「死刑です」とうなずく。

あんなことをした後だから、鈴花は俺と一緒のベッドで眠ることを当然拒否した。

俺がひとりでベッドを使い自分はソファで寝ると言って譲らない彼女に、鈴花がソファなら俺は床で寝ると主張すると、困って黙り込んでしまう。

『そんなに嫌ならスイートがもう一部屋あいていないか確認する』と部屋に設置された電話を手に取ると、彼女は『これ以上無駄な出費はさせられません！』と慌てたように俺の腕にしがみついてきた。

自分のせいで俺にお金を支払わせるのが申し訳ないらしい。君は俺の妻なんだから、遠慮することなくもっと贅沢をしてもいいのに。そう思うのと同時に、いじらしい彼女が可愛くてしかたがなくなる。

そんなやりとりをしばらく繰り返して、結局指一本触れないと約束するなら一緒のベッドで寝てもいいと鈴花が折れた。

そしてこのバリケードが設置されているというわけだ。

予備の枕やソファに置いてあるクッションを全て使い、キングサイズのベッドの中央に壁が築かれた。

それを見て鈴花が満足そうにうなずく。

「絶対にこの壁を崩しちゃダメですからね！」

一生懸命睨んでいるんだろうが、毛をさかだてる子猫にしか見えない。威嚇さえ可愛らしく見えるんだから、俺ももう重症だと思う。

ふたりでベッドに入り、照明を落とした。暗闇の中、バリケードの向こうからかすかに聞こえてくる衣擦れの音。すぐそこに鈴花がいることが伝わってきて、胸のあたりが苦しくなる。

好きな女とひとつのベッドで寝ているというのに、指一本触れられない健全な夜を過ごしながら、高い天井をぼんやりと見上げたため息をついた。


目を覚ますと、頬にふわふわした柔らかいものが触れた。なんだろうと思いながら下を見ると、鈴花のさらさらの髪。そしてぬくもり。

瞬きをして、ベッドの上を見る。

昨夜寝る前に鈴花が築いたバリケードは、見る影もなく破壊されていた。ベッドの下にバリケードだったはずの枕やクッションが散乱している。

そしてベッドの向こう端で眠りについたはずの鈴花が、いつの間にかこちらに来て俺の腕の中で寝ていた。

昨夜はあんなに警戒心むき出しだったのに、今は完全に心を許した様子でくぅくぅと無防備な寝息をたてている。どうやら寝ているうちに彼女が寝返りでバリケードを崩し、こちらに来てしまったらしい。

驚いて思わず身を硬くすると、寝ている鈴花がぴくりと動いた。

起こしてしまったかな、と息をひそめ見守っていると、彼女は俺の背中に手を回し胸のあたりに額をぐりぐりとこすりつけ、そのまままた眠りに落ちた。

その可愛らしいしぐさに、叫びたくなる衝動を必死にこらえる。

俺に対してあんなに近づくな、指一本触れるなと威嚇しまくっていたくせに、自分から無意識に近づいて俺の腕の中で寝るなんて。愛らしすぎて手も足も出ない。

「まいったな……」とつぶやきながら、俺はベッドサイドに置いていたスマホに手を伸ばした。

部屋のクリーニングと羽毛布団の交換を頼んでいたマンションのコンシェルジュに連絡をする。そして寝ている彼女に気づかれないように、もうひとつ頼みごとをした。

はじめての恋の自覚

　ホテルに泊まった翌朝、目覚めると私はなぜか和樹さんの腕の中にいた。そのことに気づいて、一気に覚醒して跳び上がる。

「こっちには入ってこないでくださいって約束したのにっ‼」

　真っ赤になって叫ぶと、和樹さんが笑いながら散乱したクッションを指さした。

「俺がそっちに行ったんじゃなくて、鈴花が勝手にこっちに来たんだぞ」

　そう言われてみれば、確かに私は和樹さんと反対側に寝たはずなのに。自分から和樹さんに近づいたことに気づいて、頭に血がのぼる。

　寝ぼけて勝手に自分からすり寄ったあげく、人のせいにして責めるなんて最低だ。

「す、すみません……っ」

　慌てて私が謝ると、和樹さんは気を悪くすることもなくご機嫌な様子で微笑む。

「いや、鈴花の可愛い寝顔が見られたからいい」

　甘い声でそう言われ、脳みそが沸騰するかと思った。和樹さんの顔を見るだけで鼓動が速くなって、心臓が大きく音を立てる。

この感情は、いったいなんなんだろう。

和樹さんはホテルで朝食をとった後、直接会社に向かった。

鈴花はゆっくりしていっていいという言葉に甘えて、めったに来ることのない高級ホテルの美しい庭を散歩したり、クラブフロアのラウンジにある本を読んだりしてのんびりと過ごす。

そして自宅のマンションに帰った私は、驚きで目を見開いた。ベッドがないのだ。

私の部屋のベッドが。

「なんで……⁉」

コンシェルジュにお願いしたのは羽毛が舞い散る和樹さんのお部屋のクリーニングと、羽毛布団の交換だけだったはずなのに。どうして私の部屋のベッドがなくなっているんだろう。

そう思って主寝室をのぞくと、無数に飛び散っていた羽毛が完璧に綺麗になっていた。私がやぶいてしまった布団も、新品に交換されている。きっと、コンシェルジュに依頼された業者さんがやってくれたんだろう。

それはよかったけれど、私のベッドが消えた理由がまったくわからない。

私は腕を組んで考え込む。

これは、和樹さんが仕事から帰ってきたら問いたださなければ。

「きっとコンシェルジュが勘違いしたんだな」

帰ってきた和樹さんに私のベッドがなくなっていることを話すと、彼は涼しい顔でそう言った。

「勘違いですか？」

主寝室のクリーニングと布団の交換を頼んだはずなのに、勘違いで別室のベッドまで持っていくことなんてありえる？

とても納得できない私がしかめっ面をしていると、和樹さんはくすりと笑う。

「俺のことがそんなに信用できないか？」

そう問われ、私は慌てて首を横に振る。

「そ、そういうわけではないですけど……」

今朝も、自分から和樹さんに近づいて寝ていたのに、勘違いして彼を責めてしまったことを思い出した。そのことがあるから、これ以上追及できなくて私は頬をふくらませる。

「でも、ベッドがないと困ります」

「そうだな。じゃあとりあえず俺と一緒に寝ればいい」

「一緒に⁉」

驚いて跳び上がると、和樹さんは不思議そうに首をかしげた。

「今日だって一緒に寝て、なんの問題もなかったじゃないか」

「そうですけど……っ！」

でも、でも……。今朝目覚めたときのことを思い出す。和樹さんの腕を枕にして甘えるように抱きついて寝ていた自分のずうずうしさに、羞恥心と自己嫌悪が込み上げてくる。

それに……。

ホテルのベッドで押し倒されたとき、和樹さんは大人の男の人なんだと強く意識した。

力強い腕に、たくましい体。私を組み敷いて見下ろす色っぽい視線。肌の上に唇が触れるだけで、その場所が燃えるように熱くなって、体の中心が甘くとろけそうになった。あんな感覚、はじめてだった。

服の上から胸に触られ、慌てて叫んで拒否してしまった。和樹さんにとっては、あんなの軽いスキンシップなんだろうけど、でも……。

そう思いながら自分の胸を見下ろす。

こんなにかっこよくて大人な和樹さんは、きっとたくさんの魅力的な女性とお付き合いしてきたんだろう。和樹さんの隣には、スタイルも頭もよくて色っぽい大人の女性が似合う。

和樹さんはもてるだろうし経験豊富そうだから、服の上から触っただけでも私の胸が小さいのはわかっただろうな。色気のない体だって、幻滅されなかったかな。

人目を引く外見を持ち、大企業の副社長をつとめる有能で完璧な和樹さんとは反対に、私は欠点だらけだ。

恋愛経験ゼロだし世間知らずだし、その上色気とは無縁の貧相な体つき。コンプレックスだらけの自分が嫌になる。

思い悩みながら視線を上げて和樹さんを見ると、彼はぐるぐると表情を変える私を不思議そうに眺めていた。

「俺と寝るのがそんなに嫌か？」

そう問われ、答えに困っていると和樹さんはため息を吐き出す。

「わかった。じゃあ新しいベッドを買いそろえる」

「え⁉　わざわざ新しいものを買うんですか？」

頼んだ業者さんに事情を話して、もともとあったものを戻してもらえばいいのに。

そう訴えても、和樹さんは耳を貸そうともしない。

「前のベッドは俺が勝手に用意したものだから、鈴花が自分の好みのものを買えばいい。いっそベッドに合わせて部屋のインテリアも新調するのもいいな……」

勝手に話を進める和樹さんに私は青ざめる。

「いやいや、そんなのお金の無駄ですよ！」

そうじゃなくても、私のせいで新しい羽毛布団に買い替えてスイートルームに宿泊して、たくさん無駄な出費をさせてしまったのに！

「そう思うなら、俺と一緒に寝ればいい」

しれっとそう言う和樹さんに、私は顔をしかめて黙り込んだ。

なんだかまんまとはめられているような気がするけど……。

「わかりました」

私がしぶしぶ了承すると、和樹さんは少し驚いたようにこちらを見た。

「これからは俺と一緒のベッドでいいのか？」

「だって、仕方ないじゃないですか」

ふくれっ面でそう言うと、和樹さんが嬉しそうに笑みをこぼす。

「でも！」

「でも？」

「む、胸とかに触るのは、ダメですからね！」

私が顔を真っ赤にすると、和樹さんはぐっと言葉につまった。そのまま額に手を当てて、天井をあおぐ。

「……わかった。一緒のベッドで寝ても、俺からは指一本触らない」

ため息まじりにそう言われ、ほっと息を吐き出した。

私が安心した途端、和樹さんは耳元に口を寄せる。

「でも、鈴花からなら俺に抱きついてきていいんだからな」

甘い声でささやかれ私が目を見開くと、和樹さんは意地悪な表情でくすりと笑った。


そうして毎日一緒のベッドで眠るようになった私たち。眠りにつくときはお互いベッドの両端にいたはずなのに、目覚めると私はいつも和樹さんの腕の中にいる。

目を覚まし硬直する私を面白がるように見下ろして「おはよう」と微笑む和樹さん。

その男の色気に、私は朝からドキドキしっぱなしだ。

おかしいな。和樹さんに嫌われ愛想をつかされるために頑張っているはずなのに、どんどん距離が近くなっている気がする。

こんなはずじゃなかったのに。

私が失敗しても気にせず、嫌いな料理を出しても怒らず、布団を引き裂いて迷惑をかけても動じない和樹さん。

私は『どうすれば彼に嫌われることができるだろう』と本気で頭を悩ませる。そしてはっとひらめいた。

そうだ。今までと逆の方向に行けばいいんだ。

和樹さんは結婚に愛情を求めていない。夢も理想も抱いていない。私を結婚相手に選んだ理由も、好意を寄せて言い寄ってくる女性よりも、自分のことを嫌っている女を妻にしたほうが面倒くさくなくて都合がいいからだと言っていた。

だったら、反対にこっちから愛情を押し付ければうんざりして愛想をつかされるはず！

一方的な愛情が重くて面倒な女だと思われるには、どうしたらいいだろう。

悩みながらスマホで検索してみると、手作りのお弁当や手編みのセーターを渡され勝手に尽くされると引く、なんて意見を見つけた。

手作りのお弁当。これはいいかもしれない……！　希望の光が差した気がして、私は顔を輝かせた。

朝、仕事へ向かう和樹さんを見送るために玄関までついていく。いつものハグをしようと手を広げた彼の前に、小さなトート型の保冷バッグを差し出した。

「あの、これよかったら」

そう言うと、和樹さんは不思議そうな表情でバッグを受け取る。

「なんだこれは」

「お弁当なんですけど、もし食べる時間があったら……」

「俺のために作ってくれたのか？」

和樹さんの顔がぱぁっと明るくなり、食い気味にそう問われた。

私は驚きながらうなずく。

まるで重要なものを扱うように大切そうにお弁当が入ったバッグを持ち上げ、まじまじと見つめる和樹さん。

どうしよう。手作りのお弁当を渡したら絶対に面倒がられると思っていたのに。こんなに嬉しそうな反応をされるなんて予想外だ。なんだか急に弱気になってくる。

「あの、社外での用事もあると思いますから、無理して食べなくてもいいですから……」

「今日の昼は社内にいる予定だから大丈夫だ」

「でも、あの。できれば人目につかないように、こっそり食べてくださいね」

「どうして?」

「だって、大企業の副社長が妻手作りのお弁当を持って出社するなんて、なんだか変じゃないですか?」

「そんなことはない」

「でも恥ずかしいですよ」

「誰に対して恥ずかしいのかさっぱりわからない」

「だから、和樹さんのために作ったお弁当をほかの人に見られるのは、私が恥ずかしいんです!」

なかなか納得してくれない和樹さんに真っ赤な顔で訴えると、ようやくうなずいてくれた。

「わかった。執務室でひとりで食べることにする」

そう言われ、ほっと胸をなでおろす。

「じゃあ行ってくる」

といつものように私に向かって腕を広げる和樹さん。朝と夜恒例の、スキンシップのハグだ。このハグをするようになってもう半月近くたつから、いくら恋愛経験ゼロの私もこれくらいの触れ合いには慣れてきた。

和樹さんに近づくと、腰を引き寄せられぎゅっと抱きしめられる。

一応ハグには慣れてきたけれど、抱きしめられているときに自分の腕をどうすればいいのかはまだよくわからずにいた。

とりあえず自分の胸の前で両手を握りしめていると、和樹さんが耳元でささやいた。

「俺の首に腕を回して」

そう言われ、恐る恐る背伸びをして和樹さんの首に腕を回す。和樹さんが私の肩に顔をうずめ、黒い艶のある髪が頬に触れた。その感触が少しくすぐったくても心地よくて、胸の奥がじわりと温かくなる。

思わず吐息をもらすと、私の背中に回った腕に力が込められた。まるで映画の中の恋人同士のような抱擁に、鼓動が速くなる。

このドキドキとうるさい心臓の音は、きっと和樹さんにも伝わっている。そう思うと恥ずかしくて頬が勝手に熱くなった。

和樹さんは私の体を抱きしめながら、小さくため息をつく。そして私の首筋に、ちゅっと触れるだけのキスをした。

「ひゃっ！」

肌に触れた唇の感触に、反射的に跳び上がる。和樹さんはくすりと意地悪く笑いながら、私の背中に回っていた腕を緩めた。

「それじゃあ、行ってくる」

「あ、はい……！　いってらっしゃい」

顔を真っ赤にしながらなんとかそう言うと、和樹さんは私の作ったお弁当を持って出ていった。

び、びっくりした……。

今のはわざとかな。それとも偶然触れただけ……？

玄関でひとり、和樹さんの唇が触れた首筋をそっとなぞってみると、柔らかくて温かい感触がよみがえる。心臓が、破裂しそうなくらいドキドキしていた。

勘違いするな私。そう心の中で自分に言い聞かせる。

こんなに鼓動が速いのは、恋愛経験がゼロで男性に免疫がないから動揺しているだけだ。決して和樹さんが好きだからドキドキしているわけじゃない。だって、この結婚はお互いの利害のための契約結婚で、恋愛感情なんて必要ないんだから。

「どうしよう、早く和樹さんに嫌われないと……」

そうつぶやいた自分の声は、今にも泣きそうだった。

和樹さんに嫌われて愛想をつかされて離婚しないと。このまま契約結婚が続いて、和樹さんのことを好きになってしまったらどうしよう、なんて不安が胸をよぎる。

和樹さんが必要としているのは妻という名前の飾りで、私が彼を好きになったって本当の夫婦にはなれないんだから……。


夕方、私はそわそわと落ち着かない気持ちで食事の支度をしていた。

和樹さん、お弁当を食べてくれたかな。きっとお弁当のふたを開けてびっくりしただろうな。

私が和樹さんのために作ったのは、とても大人の男性のためのものとは思えない、可愛らしくデコレーションしたお弁当だ。

好意を寄せられるのは面倒だという冷淡な彼が、見るからに愛情たっぷりの手作り弁当なんて渡されたら、ふたを開けた途端うんざりするに決まっている。

ハート型の卵焼きやハンバーグに、タコさんウインナー。ハムで作ったお花に星型にくりぬいたニンジン。カラフルなピックや小さな旗をあちこちに配し、ごはんの上には海苔とそぼろで可愛いネコちゃんの顔を作ってみた。

きっと相手が子供なら跳び上がって喜ぶだろうけど、成人男性がこれを職場で食べるのはただの罰ゲームだ。和樹さんが帰ってきたら、『もう弁当は作るな』と手つかずのお弁当箱を不機嫌に突き返してくるに違いない。

そうしたら私は傷ついた顔をして、しょんぼり肩を落とすんだ。

『せっかく和樹さんのために一生懸命作ったのに、怒るなんてひどいです』なんて泣いたりすれば、一方的に寄せられる愛の重さと、身勝手な私のうっとうしさに愛想をつかしてくれるはず！

よし、これで一歩離婚に近づける。

そう思ってこぶしを握っていると、スマホが震えた。

和樹さんはどうやら急な仕事が入り一泊の出張に行くことになったらしい。今日は帰れないというメッセージが来ていた。

「和樹さんは今日帰ってこないんだ……」

スマホを見下ろしながらひとりでつぶやいて、少しさみしい気持ちになる。

食事の準備の手を止めしょんぼりしていると、インターフォンの音がした。

「あ、穂積さんだ」

　画面に映った秘書の穂積さんに、オートロックを解除する。玄関を開けると、「突然すみません」と優しい笑顔を浮かべる穂積さんが立っていた。

「どうされたんですか？」

「副社長から連絡は来ましたか？」

「はい、急な出張が入ったんですよね」

　うなずいた私に、穂積さんが和樹さんの出張先を教えてくれる。

「そうなんです。突然香港に行かなければならなくなって、先ほど副社長を空港へ送っていきました」

「香港!?」

　行先が海外と知って、驚いて跳び上がった。

「飛行機で四、五時間ですから」

　とくに珍しいことではないんだろう。涼しい顔の穂積さんを見て、急に海外に飛ぶことになるなんて、さすが世界規模で展開する大宮建設の副社長だな、とため息をつく。

「穂積さんは同行されなかったんですか？」

「えぇ。今回は副社長ひとりで十分な案件でしたから。それで副社長に届け物を頼まれましたので」

そう言って穂積さんは取っ手のついた紙の箱をこちらに差し出した。

「届け物？」

首をかしげながら両手で受け取る。上品なデザインの箱にはなにが入っているんだろうと思っていると、穂積さんが説明してくれた。

「ケーキですよ。副社長がお弁当のお礼にと買ったのに帰れなくなったので、せめてケーキだけでも届けたいと」

「お弁当の、お礼……？」

「鈴花さんはどんなものなら喜ぶのかと、真剣に悩んで選んでいたんですよ」

きょとんとしている私の前に、トート型の保冷バッグを差し出される。受け取ったバッグは朝渡したときよりあきらかに軽くて目を見開いた。

まさか、あの可愛らしいお弁当を食べたの⁉　和樹さんのことだから、愛情弁当にドン引きして手を付けずに突き返されると思っていたのに！

「副社長は愛情たっぷりの手作り弁当を、とても嬉しそうに食べていましたよ」

「嬉しそうにって……！」

「食べるのがもったいないと写真をとったり、タコのウインナーやハート型の卵焼きに感心したり」

私が作った可愛らしいデコレーション弁当を嬉しそうに食べる和樹さんを思い浮かべて、かぁっと頬が熱くなる。

そんなつもりじゃなかったのに！と頭を抱えて叫びたい気分だ。しかもそれを穂積さんに見られてしまったなんて。和樹さんにお弁当を渡すときに、ほかの人に見られたくないからひとりで食べてくださいってお願いしたのにっ！

動揺で言葉が出ない私に向かって穂積さんは「本当に仲がよろしいようでうらやましいです」なんてほがらかに笑う。

あんなハートがちりばめられた可愛らしいお弁当を夫に作って職場に持たせるなんて、浮かれた新妻だと思われているに違いない。

誤解です！　嫌がらせだったんです！

そう弁解したかったけれど、あの可愛らしいお弁当は和樹さんに嫌われるための努力だなんて言えるはずがなくて、顔をしかめてぐっとこらえた。

するとと穂積さんはそんな私を見ながら、おもむろに口を開く。

「……和樹は、手作りのお弁当を作ってもらったことがなかったので、本当に嬉しかったんだと思いますよ」

　急に柔らかな口調になった穂積さんを不思議に思って首をかしげる。

「子供の頃も、作ってもらわなかったんですか？」

「和樹の母親は体の弱い方でしたから」

「たしか、和樹さんが小学生のときに亡くなられたんでしたっけ……」

　幸恵さんから聞いた言葉を思い出しながらつぶやく。

「小学六年生のときに母を亡くして。その後からですね、和樹が女性不信になったのは」

「なにが、あったんですか？」

　恐る恐るたずねると、穂積さんは薄く微笑んでから目を伏せた。

「和樹の父である社長もとても魅力的な男性ですから、妻を亡くした今がチャンスだと言い寄る女性がたくさんいました。大宮建設の社長の妻の座を射止めるために、母親を亡くしたばかりで落ち込む和樹を利用しようとする女性も」

「利用……？」

「父親に取り入るよりも、息子を手懐けるほうが簡単だと思ったんでしょうね。社長の秘書をつとめていた女性が奥様の後釜を狙って、純粋な彼を色仕掛けで誘惑して、自分の思い通りに動く駒にしようとした。当時の和樹はすでに小学生には見えないくらい大人びて整った外見をしていましたから」

母を亡くしたばかりの子供相手に色仕掛けなんて……。

とても信じられなくて、心臓が凍り付いたかと思った。

「まだ小学生の彼には、それまで献身的に父に仕える秘書だったのに、母が亡くなった途端その座を狙ってなりふりかまわず自分に取り入ろうとする女は、きっと醜悪でおぞましい生き物に見えたでしょうね」

私が言葉をなくしていると、穂積さんは気遣うように小さく微笑む。

「大奥様の幸恵様が異変に気づいてその秘書をすぐにクビにして、和樹をご実家へ引き取りました。母親を亡くしてから高校を卒業するまでの数年間、幸恵様のおかげで和樹はご実家で静かに暮らしていましたが、和樹の心に植え付けられた女性に対する強い不信感は、彼の性格を変えてしまった」

そんな経験をしたから、和樹さんは結婚に愛情を求めないんだ。女性を信用できず、心を閉ざしてしまうのも、無理はない。

今まで私に向けられた冷たい言葉は、それだけ彼が傷ついてきたという証だったんだ。彼に対して抱えていた反感やわだかまりが、心の中で溶けて崩れていくような気がした。

「……でも、和樹は鈴花さんと一緒に暮らすようになって変わりました」

そう言われ、驚いて顔を上げた。

「少しずつ表情豊かになってきましたし、なによりとても幸せそうに見える。鈴花さんのおかげです」

「そんなこと、ないです」

私は泣きだしたいような気持ちで、力なく首を横に振る。

私のおかげなんかじゃない。私は愛のない結婚が続けば自分がつらくなるからと彼に嫌われようとするばかりで、彼のためになにもしてあげられていない。

罪悪感が込み上げて、鼻の奥がつんとした。

「これからも、和樹をよろしくお願いします」

そう言って、穂積さんは帰っていった。

私はおぼつかない足取りでリビングに戻ると、テーブルに保冷バッグとケーキの入った箱を置いて床にしゃがみこむ。

まだ動揺が収まらなくてぼんやりとしながら箱を開くと、中にはフルーツをたくさん使った可愛らしいケーキが六つも入っていた。

どれもとても綺麗で美味しそう。もしかしたら、選びきれなかったのかな。

「……ひとりじゃこんなに食べられないよ」

和樹さんがいたとしても、ひとり三つずつだ。とてもじゃないけど多すぎる。そうつぶやいて、はなをすすりながら小さく笑う。

そして保冷バッグを開くと、中には綺麗に洗われたお弁当箱と一緒に、一枚のメモが入っていた。

『弁当嬉しかった。いつもありがとう』

そこに書かれたメッセージを見た途端、我慢しきれずに口を覆った。

ぶっきらぼうな短い言葉。男らしい筆跡。飾り気のないシンプルなメモ。どれも和樹さんらしくて愛おしさが込み上げる。

「どうしよう……」

小さくつぶやいた言葉は、涙声になっていた。

……どうしよう。私、和樹さんのことが好きだ。愛のない契約結婚なんだから、どんなに彼を好きになったって、報われることはないのに。

ずっと気づかないように本心から目をそらして、自分を誤魔化してきたけれど、もうどうしようもないくらい、和樹さんのことが好きなんだ。

そう自覚した途端、とめどなく彼への愛情があふれ出す。私はひとりリビングの床にしゃがみこみ、声をあげて泣いていた。

＊＊＊

俺が急遽香港に飛んだのは、地元の権力者に呼び出されたからだった。空港へ降り立つと、迎えが来ていた。ピカピカに磨き上げられた黒いリムジン。車内が見えないよう遮光性の高いフィルムが貼られた窓はたぶん防弾ガラスだろう。

喧騒と熱気と生臭さが渦巻く街を眺めながら移動する。

半年前まで俺は地下鉄の新路線の工事を受注するためここを拠点に仕事をしていた。けれど入札を前にプロジェクトを後任の担当者に託して日本に戻ったのは、やっかいなことに巻き込まれたから。

窓枠に肘をつきため息をもらすと、前方に大きなビルが見えてきた。古くから風水が浸透し、その考えを取り入れて設計されたビルが多くある香港。その中でも強力なエネルギーが流れているという最高のパワースポットにそびえ立つガラス張りのビルの前で車が停まる。

「どうぞ」とうやうやしくドアを開かれ車から降りる。すると俺の到着を待ち構えていたのか、ひとりの女性が駆け寄ってきた。

「待っていたわ、カズキ！」

いきなり抱きついてきた長身の彼女に、俺は「やめてくれ」と眉をひそめ肩を押して引き離す。

「せっかくこんな美女が歓迎しているんだから、喜びなさいよ」

不満そうに言いながら、長い黒髪をかきあげる。目鼻立ちのはっきりとした顔にスタイルのいい長身。

自分を美女と堂々と言えるほどの外見をした彼女は李美蘭《リメイラン》。香港一の財閥、李一族のお嬢様だ。

「無理やり呼び出しておいて、なにが歓迎だ」

俺が不満を隠さずため息をつくと、美蘭はくすくすと笑う。そして俺の肩に手を置き、耳元に唇を寄せた。

「相変わらず冷たいのね。まぁ、カズキのそういうところを私は気に入っているけれど」

そう言って、頬にキスをする。

「やめてくれ」

「あらどうして？　今までは私が抱きつこうがキスをしようが眉ひとつ動かさなかったのに」

腕を組んでこちらにたずねる彼女の表情は、挑戦的で楽しげだ。

「俺は結婚したんだ」

短く言うと、美蘭は「そんなのとっくに聞いているわ」と声をあげて笑う。

「今さらそんなことを気にする必要ないじゃない。私だって結婚しているもの。もう十年も前から」

今年で二十六歳になる彼女は、十六歳で政略結婚をした。政府高官の三十歳も年上の男と。

「君の結婚とは違う。俺は妻を大切にして幸せにしたいと思ってる」

そう言うと、美蘭の表情が変わった。信じられないものを見るように、俺のことを凝視する。

「カズキ。それ、本気で言っているの？」

「もちろん」

うなずきながら、鈴花のことを思う。

外見の可憐さはもちろん、考えていることがすぐに表情に出てしまう素直なところや、けなげで控えめなところ。一緒にいるだけで癒されるような柔らかな雰囲気。彼女の全てが愛おしく感じる。

今日渡された手作りの弁当のことを考えると、勝手に口もとが緩んだ。大人の男のために作ったとは思えない、カラフルで可愛らしいお弁当だった。

俺に手渡すときに『人目につかないようにこっそり食べてください』と必死に念を押していたから、もしかしたらあれは俺に対するちょっとしたいたずらか、ささやかな嫌がらせだったのかもしれない。

弁当のふたを開いたときはさすがに意表を突かれ驚いたけれど、ハートや星やタコをかたどったおかずひとつひとつにかけられた手間を想像して感動してしまった。朝早く起きてキッチンで俺のために弁当を作る鈴花の姿を思い浮かべるだけで、いじらしさに悶絶する。

そんな姿を執務室に入ってきた穂積に見られ盛大にからかわれたが、『愛妻弁当を喜んでなにが悪い』と開き直った。

その後急に香港へ飛ぶことになり、鈴花への手紙とお礼のケーキを穂積に託してきたけれど、できるなら直接礼を言いたかった。

なんて考えていると、美蘭が「なによその緩んだ表情は」と苛立ったようにこちらを睨む。

「信じられないわ。あなたの口から幸せという言葉が出るなんて」

赤い口紅が塗られた唇が、わずかに震えているような気がした。その様子を黙ったまま見ていると、彼女はふっと息を吐いて笑う。

「まぁいいわ。上で父がお待ちかねだから、ビジネスの話をしましょう」

そう言ってヒールの高いパンプスを鳴らしビルの中へと入っていく美蘭の後ろ姿を見て、俺はため息をついた。

好きな人は旦那様

「和樹さん、おかえりなさい……！」

　翌日、香港出張から帰ってきた和樹さんを玄関で出迎える。いつも通りの表情で、と思っていたはずなのに緊張でわずかに声が裏返った。

「ただいま」

　和樹さんは急な出張で疲れているんだろう。気だるげに息を吐きネクタイを緩める姿がかえって男っぽくて、思わずドキドキしてしまう。

「あの、バッグお持ちします」

　靴を脱ごうと体を屈めた和樹さんにそう言うと、彼はちらりとこちらを見て「いやいい」とかぶりを振った。

　お役に立ちたいと思ったのに余計なお世話だったかな。そう思って肩を落とした私に、和樹さんが「資料がたくさん入っていて重いから」と付け加える。疲れているのに私に重いものを持たせない優しさに、きゅんと胸がうずく。

　あぁもうどうしよう。和樹さんを好きだと自覚したからか、言動のひとつひとつにいちいち胸がときめいてしまう。

「お疲れですよね。ゆっくりお風呂に入りますか？　ご飯の準備もできていますけど……」

リビングに向かいながら話しかけると、和樹さんの腕が後ろからのびてきた。

なんだろうと瞬きをしている間に、ぎゅっと抱きしめられる。

「か、和樹さんっ⁉」

密着した体に動揺して跳びはねると、私の髪に顔をうずめた和樹さんがため息をつく。

「疲れたから、少し癒してくれ」

「こんなことが、癒しになるんですか……？」

不思議に思ってたずねると、和樹さんは無言でうなずき私を抱きしめる腕に力を込めた。

胸の前に回った腕に、そっと触れる。

よっぽど疲れているんだろうな……。

こうやって私を抱きしめることで癒されるなんて。少しでも私の存在が彼の役に立っているんだろうか。もしそうだったらと思うと嬉しくて、胸がつまる。

和樹さんに抱きしめられていると、どこからかエキゾチックでセクシーな甘い香りがすることに気がついた。なんの香りだろうと思っていると、私の不思議そうな表情に気づいた和樹さんがこちらをのぞきこみ「ん？」と首をかしげる。その視線が色っぽくて、勝手に頬に熱が集まった。

「あ、あの、甘い香りがするなと思って……」

私がそう言うと、和樹さんは「ああ」と納得したようにうなずいた。

「あっちで一緒にいた知人の香水が移ったのかもしれない」

「そうなんですか……」

こんな甘い香りの香水を使うんだから、その人はきっと女性だろう。香水が移るほど親密な相手なのかな……。

知らない女性の残り香を纏う和樹さんがなんだか遠くに思えて、ちくりと胸が痛んだ。そんな嫉妬心を振り払うように、気持ちを切り替えて違う話題を口にする。

「穂積さんからケーキを受け取りました。あと、メモに書かれたお手紙も」

「あぁ」

私がそう言うと、和樹さんは小さく笑った。

「すごく嬉しかったです。ありがとうございました。ケーキはひとりじゃ食べきれなくて弟の隼人を呼んで一緒に食べたんです。隼人も美味しいって喜んでいました」

「あれは鈴花が作ってくれた弁当へのお礼なんだから、ありがとうなんて言わなくていい」

「でも、本当に、本当に嬉しかったんです」

あの和樹さんのメッセージが書かれたメモは、大切に部屋にしまってある。たぶん一生捨てられない私の宝物だ。

和樹さんは少し考えるように黙り込むと、私を抱きしめる腕を緩め大きなため息を吐き出した。

なんだろう……。

あんなことでいちいち喜ぶなんてうっとうしいと思われただろうか。不安になった私は和樹さんを振り返る。

「ケーキくらいでそんなに喜んでくれるなら、香港でもなにか土産を買ってくるべきだった」

険しい顔でそう言った和樹さんに、私は首をかしげた。

「どうして土産を買うことを思いつかなかったんだろう。早く鈴花の顔を見たくて仕事を片付けて日本に帰ることばかり考えていた」

後悔しかない、という様子で頭を抱える和樹さん。私はケーキというよりも和樹さんの気持ちが嬉しかったのに、物をプレゼントされたことを喜んでいると勘違いしているようだ。

私は慌てて和樹さんの服の裾を掴んで言い募る。

「私も早く和樹さんの顔が見たかったです！　お土産よりも、こうやって和樹さんが帰ってきてくれることが嬉しいですから……！」

そう言った私の剣幕に、和樹さんが目を丸くした。その表情を見て、自分の必死さに気づいて途端に恥ずかしくなる。

「本当に、俺が帰ってきて嬉しいのか？」

確かめるように問いかけられ、顔を赤くしながらうなずいた。すると和樹さんの表情がほどけるように柔らかな笑顔になった。

朝、いつも家を出るときのように両手を広げられ、私はドキドキしながら和樹さんの方へ歩み寄る。すると長い腕が腰に回り、ぎゅっと引き寄せ抱きしめられた。

「ただいま、鈴花」

その言葉に、私が待つこの家が彼の帰る場所だと認めてもらえたようで、感激で胸がつまった。

「おかえりなさい、和樹さん」

たどたどしくもそう言うと、和樹さんが嬉しそうに微笑んだ。その表情に勘違いしそうになる。この抱擁は、他人から見ても夫婦らしくなるためのスキンシップなのに。

私たちの関係は愛のない偽物の夫婦なのに。

どうしよう。この人のことが好きで、好きで仕方ない。

＊　＊　＊

香港出張から帰国し、翌週の土日は挨拶をかねて鈴花の実家である日野屋へ泊まりにいくことにした。鈴花は大宮家の親族には会社のパーティで会っているが、俺は弟の隼人くん以外の鈴花の家族に挨拶すらできていなかったからだ。

今までこちらの勝手な都合で鈴花を振り回していたことを自覚して、申し訳ない気持ちになった。

俺が車を運転し、助手席に鈴花が乗る。他愛もない会話をしながら時折目が合うと、鈴花は頬を染めて慌てて窓の外を見る。

『その仕草、少し可愛すぎるんじゃないか』なんて感じる俺は、はじめてのふたりでの旅行に浮かれているんだと思う。

高価な壺や掛け軸といった調度品、丁寧に生けられた花が飾られた広々とした和室。その中央にある黒檀の大きな座卓の上には、たくさんの品物が並んでいた。

色とりどりのフルーツにお酒、有名な老舗和菓子店の菓子折りから、ネットで話題になっているおしゃれな洋菓子、海外製の最高級のチョコレート。それを見て、座卓を挟んで座る鈴花のご両親は驚いた顔をしていた。

「ご挨拶が遅くなり大変失礼いたしました。大宮和樹と申します」

「いえいえ。お忙しい中わざわざ足を運んでくださってありがとうございます」

俺が頭を下げると、鈴花の母親は柔らかく微笑んでくれる。

「それにしても、これは……？」

鈴花の父親が手土産の箱でいっぱいになった座卓の上を見ながら不思議そうに首をかしげた。

「なにか手土産をと思ったんですが、色々見ているうちに悩んでしまいまして」

「もう、私はそんなに気を使わなくていいですって言ったのに。和樹さんはいつもたくさん買いすぎです」

俺の隣に座る鈴花がそう言って頬をふくらませる。

「少ないよりはいいだろ」

「この前もたくさんスイーツを買ってきて、ひとりで食べるのは大変だったんですからね！」

「迷惑だったか？」

「め、迷惑ではないですけど……。最近いつもお土産を買ってきてくれるから、太ってしまいそうです」

手作りの弁当のお礼にと、穂積に頼んでケーキを渡してから、なんとなく鈴花の態度が変わった。どことなく、前より視線や口調が柔らかくなった。

うぬぼれじゃなければ、少しずつ俺に好意を持ちはじめてくれているような気がする。

そんなにケーキが嬉しかったのかなと、それからちょこちょこ手土産を持って帰るようになったのだが。俺がお土産を持って帰るといつも顔を輝かせて受け取ってくれるけれど、どうやら彼女は自分の体重が心配らしい。

そんなこと気にする必要はないのに。

「鈴花はもう少し太ったほうがいい。今は細すぎて抱きしめたときに折れてしまいそうで心配になる」

「えっ！　やっぱり和樹さんは、もっと豊満で女性らしい体形のほうがお好きですか……？」

俺の言葉に鈴花は胸のあたりを腕で隠して泣きそうな顔をする。

「いや、そのままの鈴花で十分可愛いけど、もう少し太った方が健康的だと思っただけだ」

そんなやりとりをしていると、正面から笑い声があがった。

ふたりで声のした方を見ると、楽しげに笑う鈴花のご両親。

「鈴花が結婚してうまくやっているか心配していたけど、ラブラブで安心したわ」

「ら、ラブラブって……！」

肩を揺らす母親に、鈴花の白い頬がみるみる赤くなっていく。ひとしきり笑った後、鈴花の母親は姿勢を正しこちらを見た。

「和樹さん」とおもむろに名前を呼ばれ、俺も居住まいを正して「はい」とうなずく。

「鈴花は昔から周りに気を使って、なかなか自分のワガママを言えない子だったんですよ。お人好しで遠慮ばかりして」

ちらりと隣にいる鈴花のことを伺うと、彼女は驚いた表情で母親を見ていた。

「私は母親として子供と接するよりも、女将として旅館に立つ時間のほうがずっと長くて。お客様を優先して子供たちには我慢ばかりさせていました。しかも鈴花は血が繋がっていないから、いつも忙しそうな私たち夫婦を見て余計に遠慮しているんじゃないかと思うと、もっと違う家庭の子供になっていたほうが幸せだったんじゃないかと後悔したこともあります」

「そんなことないよ！　私はお父さんとお母さんに育ててもらえて幸せだった……！」

慌てて否定しようと鈴花が腰を浮かせると、母親はこちらを見て優しく微笑んだ。

「ありがとう鈴花。本当に優しい子ね」

そう言ってから、ご両親は俺に向かって深く頭を下げた。

「だから、鈴花には幸せになってほしいと思っています。和樹さん、どうか鈴花のことをよろしくお願いします」

隣で鈴花がぐっと息をのんだのがわかった。必死に涙をこらえるように、大きな瞳が潤んでいる。その表情を見ていると、愛おしさが込み上げてきた。

俺は大きく息を吐き出し、真剣な面持ちでご両親に深く頭を下げる。

「鈴花さんを必ず幸せにするとお約束します」

そう言って座卓の下でそっと鈴花の手を握ると、彼女は今にも涙がこぼれそうな赤い瞳でこちらを見ていた。

決して彼女の両親の前だから口にしたその場しのぎの嘘ではなく、この可愛らしい妻を全身全霊で幸せにしたいと心から思った。


挨拶を終えた後、ご両親の許可を得て旅館の帳場に入らせてもらうことにした。鈴花の立会いのもと、帳簿に目を通す。経営難に陥っているこの旅館の現状を知るためだ。

「いかがですか？」

心配そうにたずねる鈴花に、「予想以上に厳しいな」と素直な感想を漏らす。大学時代はアメリカで経営学を学び、ＭＢＡも取得した。企業の経営状態を改善するためのノウハウは心得ているつもりだが、それにしてもひどい。

「このままでは赤字が膨らむばかりで、数年で立ち行かなくなるだろうな」

俺の容赦ない感想に鈴花の顔が曇った。

「まず無駄が多すぎる。もっと効率的なシステムを作って利益率を上げる必要があるし、仕入れの方法も見直した方がいいな」

「効率的なシステム……」

ぽかんとしながら繰り返す鈴花を見下ろし、分厚い帳簿を閉じる。

「今どき予約から顧客情報まで全部紙の帳簿で管理しているなんて、アナログすぎて驚いた。常連客が泊まるたびに、宿泊名簿をめくって過去の記録を確認しているのか？」

「それは、一昨年亡くなった大女将の祖母が、ご贔屓様のことを全て把握していたので……」

「その大女将が亡くなって、サービスの質が低下したのか」

その言葉に、鈴花はしょんぼりと肩を落としながらうなずく。宿泊客の食べ物や酒の趣味からアレルギー。記念日や家族構成。長年の付き合いでため込んだ情報がつまった宿泊台帳は、旅館の歴史の長さゆえに膨大な量になっている。いちいちめくって確認する時間の余裕はないのが正直なところだろう。

以前はなにも言わなくても客ひとりひとりの好みを把握し快適な時間を提供していたのに、それができなくなっては常連客が離れていくのも無理はない。

「この情報を全てデータ化して、従業員全員で共有できるようにするぞ」

「そんなことができるんですか？」

驚いて目を丸くする鈴花に、当たり前だと小さく笑った。

「それから信頼できるいいコンサルティング会社を紹介する」

「でもコンサルティング会社にお願いするなんて、いったいいくらお金がかかるのか見当もつきません」

「その資金をうちからの援助でまかなえばいい」

俺がそう言うと、鈴花はぱちぱちと目を瞬かせた。

「まさか資金援助の金をそのまま赤字の補填《ほてん》にするつもりだったのか？」

こくこくとうなずく鈴花に思わず苦笑いをした。

「なんの計画もなくただ援助を受けて赤字の補填をするんじゃ意味がない。入ってきた金を、きちんと経営を改善させるために使わないと先はないだろ。これで効率化して利益率が上がれば、援助されなくても自力で利益を出せるようになる」

「そうすれば、日野屋はつぶれずに済みますか？」

「あぁ。俺にできることならなんでも協力するから、安心しろ」

俺の言葉に、鈴花はほっとしたように胸をなでおろした。

「和樹さん、ありがとうございます」

そう言って花が揺れるように微笑む。その可憐な微笑みをいつまでも見ていたいと思った。

旬の食材をふんだんに使ったいろどり豊かな夕食を食べ終え、豪華な設えの客室の縁側から日本庭園をぼんやりと眺めていると、温泉に入りに行っていた鈴花が部屋に帰ってきた。

客室にも専用の露天風呂がついているけれど、俺がいる部屋で入るのは恥ずかしいからとひとりで大浴場へ行ってきたのだ。

「和樹さん、もしよかったら少しお酒いかがですか？」

徳利がのったお盆を持ってこちらに来る。その姿を見て心臓が高鳴るのを感じた。温泉に入って体が温まったせいか、鈴花の白い肌がほんのりとピンク色に上気していた。身に着けているのは白地に藍色の花が描かれた浴衣で、その首筋や胸元に目が奪われる。思わず見惚れそうになる自分を戒めながら、「ありがとう」とうなずいた。

「調理場によって、少しおつまみももらってきました」

そう言われお盆の上を見ると、小鉢に入れられた枝豆や揚げた銀杏、つくねなんかが乗っている。

「このつくねは蕎麦の実が入っていて、ぷちぷちしていて美味しいんですよ」

なんて説明しながらお盆を縁側に置いて、俺の隣に腰を下ろす。

ふたりで並んで眺める夜の庭は、ところどころにある行燈《あんどん》が灯り、静かで厳かな雰囲気だった。その中で一番の存在感を放つ、堂々とした枝ぶりの大きな黒松を見ながらしみじみとつぶやく。

「ここが、鈴花が俺と結婚してまで守りたいと思った場所なんだな」

旅館の前で車から降り立った瞬間に、建物の持つ迫力に圧倒された気がした。

年輪が美しい欅《けやき》の一枚板に『日野屋』と力強く彫り込まれた歴史ある看板。その看板の上に突き出す唐破風の屋根。入り口に立つだけで、タイムスリップしたかのような気持ちにさせる風情ある旅館。

ここで生まれ育ったわけでもない俺まで、特別な場所のように感じた。

たぶん俺が鈴花に心底惚れているから、彼女を形作ったもの全てが愛おしいんだろう。今までろくに人を愛せずにいた自分が、そんなふうに感じられるようになるなんて思ってもいなかった。

鈴花と出会うまでそれなりに女性と付き合ってきたけれど、一度も心を許したことはなかった。御曹司という地位と財産が目的なんだろうと割り切った付き合いをしてきた俺は、誰かを愛おしいと思ったことさえなかったかもしれない。

それなのに、いつも柔らかい笑顔で『おかえりなさい』と出迎えてくれる鈴花と暮らしているうちに、彼女の隣にいることが心地いいと感じるようになっていた。

誰かと一緒にいて幸せだと感じるのも、誰かを幸せにしたいと思ったのもはじめてだ。

彼女と暮らすうちにいつの間にか変わっていた自分を自覚する。そんなことを考えていると、鈴花が姿勢を正してこちらを見た。

「和樹さんのおかげで、旅館を守り両親に恩返しすることができます」

鈴花がそう言って俺に頭を下げる。

「両親の前で幸せにすると言ってくださって、ありがとうございました。おかげで父と母は安心したと思います」

畳の上にそろえた指をつく彼女の姿は、本当に綺麗で思わずぼうっと見惚れそうになる。

「……私も、嘘でもそう言ってもらえて嬉しかったです」

鈴花がわずかに顔を上げ、潤んだ目で俺を見た。その途端、どうしようもない愛おしさが込み上げてきて勝手に思いが口からこぼれた。

「嘘じゃない」

短くそう言うと、彼女が驚いたように目を見はる。

「本当に、鈴花を幸せにしたいと思ったからそう言った」

俺の言葉を聞いて、鈴花の目がさらに見開いた。

その表情を見ているうちに、無意識に彼女のほうへ腕がのびていた。細い肩を引き寄せ、胸の中に抱きしめる。

「和樹さん?」

戸惑う彼女にかまわず長い髪に指を差し込み、小さな頭を胸の中に抱き込むと、鈴花はくぐもった声でつぶやいた。

「あ、あの、これも夫婦らしくなるためのスキンシップですか……?」

そんな問いかけに、小さく笑って首を横に振る。

「違う」

「じゃあ……」

「ただ、鈴花を抱きしめたいからそうしている」

夫婦らしく見られるためのスキンシップなんてくだらない言いわけはもうやめた。

俺が正直にそう言うと、鈴花の体が熱くなる。

「嫌か?」

耳元で問うと、少し悩むそぶりを見せたけれどおずおずと首を横に振ってくれた。

「嫌じゃないです……」

俺の服をぎゅっと掴みながらそうつぶやいたいじらしさに、たまらない気持ちになる。

「本当に？」

このままでは彼女の気持ちを無視して暴走してしまいそうだ。でも傷つけるのが怖くて、確認するようにもう一度問いかける。

今なら、嫌だと言われれば止められる。

けれど彼女の口から、予想もしない言葉が漏れた。

「……和樹さんのことが好きだから、嫌じゃないです」

うつむきがちに言った鈴花の小さなつぶやきに、自分の耳を疑った。

好きって、鈴花が俺のことを？

信じられなくて鈴花の顔をのぞきこむと、彼女は顔を真っ赤にして必死に俺の服をにぎりしめていた。とても冗談を言っているようには見えない。ということは、本当に彼女は俺に好意を持ってくれているのか。

そう思った途端、今まで経験したことがないくらい感情がたかぶって、喜びに胸が沸き立った。

あぁ、どうしよう。ものすごく浮かれている自分がいる。鈴花のことが可愛くて愛おしくて仕方がない。俺の胸の中でうつむく彼女が欲しいと本能的に思ったときには、鈴花のことを畳の上に押し倒していた。

鈴花の顔の横に手を付き見下ろしながら、そっと指で白い頬をなぞる。そのまま小さな唇に触れると、鈴花は恥ずかしそうに目を伏せた。

「キスしてもいいか」

耳元でそう問うと、ぎゅっときつく目をつぶり覚悟を決めたようにうなずく。その初心な反応が可愛らしくて、自然と俺は微笑んでいた。少しでも鈴花の緊張を和らげたくて、髪をなでながら身をかがめる。

唇が触れる直前に、こらえきれず「俺も好きだ」とつぶやいた。驚いた鈴花の表情が一段と可愛く見えて、気づけば乱暴に唇を奪っていた。

「ん……っ」

小さな手がぎゅっと俺の肩にしがみつく。その必死さにまた愛しさがつのる。

まるで溺れながらもがき息継ぎするように、角度を変えて何度もキスを繰り返す。キスをしながら柔らかい頬をなで、首筋を指でなぞった。もっともっと彼女に触れたくて自然に手が動く。

浴衣の襟の合わせから手を滑り込ませると、鈴花の体がびくんと跳ねた。

「ま、待ってください！」

突然悲鳴のような声をあげて慌てだす。

「どうした？」

驚いて体を起こすと、真っ赤な顔で浴衣の襟を握りしめる彼女。

「む、胸はダメです……っ‼」

泣きそうになりながらそう言う鈴花に、首をかしげた。

「どうして？」

「だって、私、胸が小さいから……っ！」

それがどうしたとさらに眉をひそめると、鈴花はおずおずと口を開く。

「和樹さんは豊満な体形の女性が好みなんですよね？」

「そんなこと言ったか？」

「さっき、私はもっと太ったほうがいいって……」

必死に言う彼女に、少し考え込む。ようするに、自分の細い体がコンプレックスだから俺に触られたくないってことか？

そう理解して、思わず笑いが漏れる。

「そんなこと、気にする必要はないのに」

「で、でもっ！」

「そのままで十分可愛いと言ったのを聞いてなかったのか？」

そう言いながら鈴花の肩を引き寄せ胸に抱く。

あわあわとパニックになっている鈴花をキスでなだめながら浴衣の帯に手をかけた。

薄い桃色の帯をほどこうとすると、またストップをかけられた。

「ま、待ってください……！」

そんな泣きそうな声でお願いされると、さすがに手が止まってしまう。

「どうした？」

「こ、ここは旅館とはいえ、私の実家なので、その……」

言いづらそうに口ごもる彼女の顔を「ん？」と首をかしげてのぞきこむと、鈴花は眉を下げながらこちらを見た。

「ここでそういうことをするのは、ものすごく恥ずかしいです」

消え入りそうな声でそう言ってうつむく。よく見ると髪からのぞく耳やうなじが真っ赤になっていた。

確かに、この旅館は鈴花の実家で、朝になれば顔見知りの従業員が部屋の片づけをするんだろう。そんな状況で抱かれるのは、恋愛経験ゼロの彼女にとってはハードルが高いのかもしれない。

このまま鈴花を自分のものにしてしまいたい。めちゃくちゃ可愛がって甘やかして抱きたい。だけど……。

「あー……」

理性と欲望の間で葛藤しながらうなる。

「和樹さん……？」

そんな小動物のような純粋な目で見つめられたら、無理やり手を出せるはずがない。

俺は心の中で白旗を上げる。

「わかった。今日はこれ以上なにもしないって約束する」

そう言うと、鈴花はほっとしたように無邪気な笑顔を浮かべる。

たった今約束したことをすぐに撤回したくなるような可愛さに、俺は額を押さえて

天井を仰いだ。

契約結婚をした理由

目を覚ますと、堂々とした太い梁と木目の綺麗な船底天井が目に入った。かすかに感じる畳の匂いと、窓にはめ込まれた障子越しにふりそそぐ柔らかな朝の光。

小さな頃から慣れ親しんだ和室の空気に懐かしい気持ちになる。

そうだ、実家の旅館に泊まりにきていたんだった。

そう思いながら寝返りを打つと、すぐそこに和樹さんの寝顔があった。精悍で整った顔立ちの和樹さんが、無防備に寝ている。薄く開いた形のいい唇に勝手に視線がいって、頬が熱くなった。

昨日、和樹さんとキスをしてしまった。それも、ただ触れるだけじゃない、もっともっと親密で大人なキス……。

昨夜のことを思い出すと、頭が噴火してしまいそうなほど血がのぼる。和樹さんに好きだと言ってしまった。そして和樹さんも私を好きだと言ってくれた。なんだか夢を見ているみたいだ。

私たちはお互いの利益のために愛のない契約結婚をして、形だけの夫婦になった。

最初は冷たくて傲慢な和樹さんを大嫌いだと思っていたはずなのに、一緒に暮らすうちに彼の優しさや寛容さ、そして仏頂面の裏に隠れた不器用さを知っていつの間にか惹かれていたんだ。

結婚に夢も希望ももっていない彼を好きになったって、この想いは報われることはないと思っていたのに……。

『──俺も好きだ』

低い声でささやかれた言葉を思い出すだけで、体温が一気に上がるような気がする。

和樹さん、なんだかとても慣れていたな。そりゃ大人だしかっこいいし、私と違って経験豊富なんだろうけど……。

戸惑う私をあやすように優しく頭をなでながら繰り返しキスをしてくれたことまでが鮮明によみがえって、背筋のあたりがむずむずしてくる。

想いを伝えあった後、和樹さんは少し頭を冷やすと言ってひとりで客室に備え付けられている露天風呂に入った。そしてお風呂上がりの和樹さんの姿を見て、心臓が跳びはねた。

濡れた黒髪をかき上げ浴衣を羽織った姿が色っぽくて、とても直視できなかった。

姿勢が綺麗で堂々としているのに、緩く着た浴衣の袖口や襟元に隙があって、ものすごくセクシーで……。

『一緒に寝るぞ』と強引に手を引かれ和樹さんの腕枕で横になると、少し乱れた襟元から男らしい胸板が見えた。

慌てて目をそらすと、私の動揺を悟ったのか和樹さんは小さく笑いながら、『さっさと寝ないと、さっきの続きをするぞ』なんてぞくぞくするくらい色っぽい声でささやいた。

私は心の中できゃーー!と叫び声をあげる。もう思い返すだけで、体がとろけてしまいそうだ。自分の旦那様が素敵すぎて、どうしたらいいのかわからなくなる。

布団の中で声をこらえてじたばたしていると、長い腕が腰に回り私の体を引き寄せた。

「きゃ……っ」

驚いて振り向くと、いつの間に起きたのか私のことを面白がるように見下ろす和樹さん。

「起きていたんですか……?」

恐る恐る問いかけると、和樹さんは「今起きた」と小さく微笑む。寝起きで少し掠れた声や私を見下ろす視線は、大人の色気と甘さをはらんでいて、一気に鼓動が速くなる。

「おはよう鈴花」

「お、おはようござ……、んんっ」

挨拶をかえそうとしたけれど、途中で唇をふさがれて最後まで言葉にならなかった。驚いてもがくと布団の上に組み敷かれ、キスが深くなる。

実際に経験するまで、キスはただの愛情表現なんだろうなと思っていたのに、唇を触れ合わせることがこんなに気持ちいいなんて知らなかった。

私の頬を両手で包み逃げられなくしてから、和樹さんはゆっくりと舌をからめる。するとと首の後ろあたりがぞくぞくと甘くうずいて、体から力が抜けていく。

キスをされるとこんなふうになってしまうのは普通なのかな。それとも、私が和樹さんを好きだから、こんなに幸せな気分になるんだろうか。

なんてぼんやりと思っていると、和樹さんの唇がゆっくりと下に移動していく。耳元や首筋にキスを落とした後、浴衣からのぞく私の鎖骨を柔らかく噛んだ。

「あ……っ」

自分でも聞いたことがないような甘えた声が漏れて、一気に恥ずかしくなる。

「か、和樹さん……、あのっ、朝ですよ？」

取り繕うためにそう言ったけれど、和樹さんは機嫌良さそうに笑みを深くしただけで、私の体に降らせるキスをとめることはなかった。

「ここじゃ、ダメって言ったのに……！」

ここは私の実家で、私たちがチェックアウトした後、お布団を片付けたり部屋を清掃したりするのは顔見知りの従業員さんだ。それがわかっていて和樹さんに抱かれるなんて、恥ずかしくて絶対無理！

半泣きでもう一度そう言うと、和樹さんは小さく笑う。

「わかってる」

「本当に……？」

「でも、ひと晩手を出さないように我慢したんだから、少しくらいご褒美があってもいいだろ」

「ご褒美？」

きょとんとしているうちに、私の着ている浴衣の中に和樹さんの長い指がもぐっていく。

ダメです、とたくましい胸を押し返そうとしたけれど、私を組み敷く和樹さんの色っぽさに心臓が跳びはねて力が入らない。

寝乱れて襟元がはだけた浴衣に、顔にかかる黒髪。そんな無造作な寝起きの気だるさに加え、こちらを見下ろす視線は熱を帯びていてたまらなくかっこいい。

ど、どうしよう、この状況……っ‼

パニックになりながらぎゅっと目をつぶっていると、どこからか低い振動音が響いてきた。

「か、和樹さん、電話ですっ!」

天の助け!とばかりに顔を輝かせてそう言うと、和樹さんは聞こえないふりをする。

「和樹さん、電話が鳴ってますってば!」

「日曜の朝から電話をかけてくるような空気の読めない相手は無視する」

必死に肩を叩いても、和樹さんは涼しい顔でそう言って私の上から動こうとしない。

それでも電話は切れることなく、辛抱強く鳴り続けていた。

「こんなに鳴っているなんて、きっと急用ですよ! 出た方がいいです‼」

叫ぶように主張すると、和樹さんはようやく体を起こしてくれた。不満たっぷりの表情で立ち上がり、襖を開きスマホの振動音が響く居間の方へと歩いていく。

私はひとり布団の上で心臓を押さえ、深呼吸を繰り返した。
ド、ドキドキした……! あのまま流されて抱かれてしまうかと思った!

うるさいくらい脈打つ鼓動をなんとか落ち着かせつつ、襖の向こうにいる和樹さんの声に耳を澄ます。漏れ聞こえてくる会話から、電話は秘書の穂積さんからだとわかった。どうやら仕事でなにかトラブルがあったようだ。

しばらく押し問答があった後、電話を切る気配がした。トラブルは大丈夫なのかなと思っていると、和樹さんがものすごい仏頂面でこちらに戻ってくる。

わ！　なんだその不機嫌そうな表情は、と驚く私の前で、和樹さんは長いため息をついてから口を開いた。

「悪い。香港から急に客が来て出迎えないといけなくなった」

「え？　これからですか？」

「ここから直接空港に向かって、穂積と落ち合う」

そういえば以前も急な出張で香港に行ったことがあったっけ。空港から帰ってきた和樹さんが、甘い香水の残り香をつけていたことを思い出す。もしかしたら、その香水の主が日本にきたのかな……。

会ったこともない女性を相手に嫉妬している自分を自覚して、慌てて首を横に振る。

これはお仕事なんだし空港で穂積さんと落ち合うと言っているんだから、変に疑っちゃダメだ。

「そうですか。日曜日なのに大変ですね」

とりつくろうように笑顔を作ったけれど、少しさみしくなる。せっかく気持ちが通じ合ったのに一緒にいられないんだな。しょんぼりと肩を落とすと、和樹さんが私の気持ちを察したように長身を屈めこちらをのぞきこんだ。

「本当に悪い」

和樹さんの真剣な表情は私への気遣いで満ちていて、さみしいと感じていた気持ちが一気に温かくなる。

「いえ、お仕事頑張ってください」

私が笑顔を向けると、なぜか和樹さんは不貞腐れた表情になった。

「あー……。行きたくない」

「なにを言っているんですか」

「やっと鈴花が俺のものになったのに」

不満たっぷりな口調に、思わず小さく笑う。

「私はもともと和樹さんのものですよ。夫婦なんですから」

そう言うと、和樹さんはいじけたように私を睨んだ。

「そうじゃない。ようやく鈴花を抱けると思ったのに急に仕事が入るなんて。好物を前に待てと言われた犬の気分だ」

直接的な言い方に、恥ずかしくて頬に熱が集まる。しかも犬の気分って！

ちらりと顔を上げて和樹さんをうかがえば、確かに今にも私に覆い被さってきそうな熱を帯びた視線が向けられていて、あわててうつむいた。

「お、お仕事なんですから仕方がないですよ……」

視線を落としたまま顔を上げられずにいる私に、頭上で和樹さんがくすりと笑う。

「まぁ、そうだな。好物はあとに残しておく方が楽しみも増えると思って我慢する」

やけに色っぽい口調でそう言われ、心臓がもたないと思った。冷淡で傲慢、そんな第一印象が嘘みたいに、情熱的な彼に驚く。

和樹さんは腕を伸ばし、茹でだこみたいに真っ赤になった私を抱き寄せて耳元でささやく。

「自宅に帰ったら我慢していた分たっぷり抱くから、心の準備をしておけよ」

「こ、心の準備って……！」

甘い言葉に、それだけで体の中心がとろけてしまいそうになる。自宅でふたりきりになったら、本当にまるごとぺろりと食べられてしまいそうだ。

「そんなこと言われたら、和樹さんが帰ってくるまでそのことばかり考えてしまうじゃないですか……！」

泣きそうになりながら苦情を言うと、和樹さんは目を見張った後、機嫌良さそうに声をあげて笑った。


自宅の前まで送ってもらい、空港へ向かう和樹さんを見送る。そして家に帰るとソファに座り、はぁーと息を吐き出した。

ひとりになって改めて和樹さんとのやりとりを思い返すと、喜びと恥ずかしさが込み上げてきて、どうしていいのかわからなくなる。

「和樹さんとキスしたなんて、嘘みたい……」

恐る恐る自分の唇に触れてみると、和樹さんの温かい唇の感触や色っぽい視線やひそめた吐息がよみがえって、胸の奥がきゅんとする。

キスどころか、今日彼が帰ってきたら、それ以上のことをされてしまうのかも……。そんな想像をするとドキドキする鼓動に耐え切れなくなった。近くにあったクッションを抱きしめ顔をうずめる。

どうしよう。ものすごく緊張する。だけど、それが嫌じゃない。

恥ずかしいし、少し怖いけれど、でもそれ以上に和樹さんに求められることが嬉しい。私も和樹さんの全てを知りたい。お互いをもっと知って触れ合って、和樹さんと本当の夫婦になりたい……。

そう思っていると、来客を知らせるインターフォンが鳴った。

画面を見れば弟の隼人が立っていて、どうしたんだろうと首をかしげながら鍵を開けた。

「姉ちゃん！　和樹さんは⁉」

玄関に入ってくるなり鼻息荒く聞いてきた隼人に、私は驚きながら首を横に振る。

「お仕事で留守だけど……」

「日曜なのに⁉」

「お休みだったんだけど、急な仕事で呼び出されて」

「なんだ。直接本人を問い詰めてやろうと思ったのに」

不機嫌そうな隼人に「どうしたの？」と問うと、スマホの画面をこちらに向けられた。

「なに、これ」

「香港から留学してきてる友達に教えてもらった。あっちのゴシップサイトだって」

その画面の中には広東語《カントン》らしき難しい漢字の見出しと、一枚の画像。そこに映っている見慣れた男の人の姿に、驚いて目を見開いた。

「日本の建設業界のプリンスと、香港の大金持ちの李一族のお嬢様の密会現場だって」

「密会現場？」

ようするに、デートってこと？

スーツ姿の和樹さんに抱きつくように寄り添うのは、豊かな黒髪が美しい長身の美女だった。

その瞬間、エキゾチックな甘い香りがよみがえった。写真に映るのは、あのセクシーな香りが似合う大人の女性。和樹さんに香水の残り香をつけたのは、きっとこの人だ。嫉妬と不安が込み上げてきて苦しくなった胸のあたりを、ぎゅっと手で握りしめる。

「この記事には、和樹さんが香港まで彼女に会いにきたって書いてある」

「確かに、先週急な出張で香港にひとりで行ったけど……」

「それ、本当に仕事？」

そう問われ、瞬きをしながら視線をスマホから隼人の顔へと移した。

「俺、この記事を友達に教えてもらってから、ずっと考えてたんだ。なんで和樹さんが結婚してるって既成事実を必要としたのか。それってさ、この女の人のためなんじゃないの？」

「どういう意味？」

「この女の人も、結婚してるんだって。しかも香港政府の高官と。そんな立場じゃきっと簡単に離婚なんてできない。だから和樹さんは自分も結婚して妻を隠れ蓑にして、この人との不倫がバレないようにしたんじゃないの？」

「私が、この人と付き合うための隠れ蓑……？」

そうつぶやいて、血の気が引く気がした。出会ったばかりの頃の和樹さんの言葉を思い出す。愛なんて必要ないと、必要なのは妻という名の飾りだと、確かに彼は言っていた。

だけど……。

私が唇を噛むと、隼人は苛立ちを隠さずに舌打ちをした。

「それを本当かどうか問いただそうと思って来たのに、なんで和樹さんはいないんだよ」

「あ、香港から急にお客様が来たからって、空港に向かって」

「は？」

私の言葉を聞いた隼人の表情はさらに険しくなる。

「それって、この女じゃないの？」

「でも仕事だって。空港で穂積さんと落ち合うって言ってたよ」

「本当に穂積さんが来てるかどうかなんてわかんないじゃん。そんなの嘘で、ふたりきりで会ってるかもしれない」

「でも、でも……」

たった数時間前、旅館のお布団の中で抱き合ってキスをしたばかりだ。見つめあって微笑んで、幸せでいっぱいだった。確かに愛されていると思った。

もしかしてあれも、和樹さんにとっては幸せな夫婦に見せるためのスキンシップのひとつでしかなかった……？

そんな考えに、胸がずきりと痛み涙が込み上げてくる。潤んだ視界に、ダイニングのテーブルが映った。そこで和樹さんとすごした時間を思い出す。

私が料理を作る音を聞いていると癒されると言ってくれたこと。嫌いなナスを美味しいと食べてくれたこと。リビングを見れば、ソファに座って抱きしめられたことや、お弁当のお礼にぶっきらぼうなメモをくれたこと。

あの幸せな記憶のひとつひとつが偽りだったなんて信じられない。信じたくない。

そう思ってかぶりを振ったとき、隼人の背後にある扉が突然開いた。そこには、ゴシップサイトの画像に映っていた長身の女性がいた。

「なんでこの写真の女がここに……っ？」

予想外の訪問者に、隼人は持っていたスマホの画面と彼女を交互に見て言葉をなくす。その動揺を見ながら、真っ赤な口紅が塗られた形のいい唇がにっこりと笑った。

彼女が長い黒髪をかき上げると、セクシーで甘い香水の香りがした。出張から帰ってきたときの和樹さんと同じ香りだ。そのことに気がついて、胸のあたりがずきりと痛んだ。

「こんにちは。あなたがカズキの妻ね？」

流暢な英語でそう言って、戸惑う私たちを見てくすりと肩を揺らす女性。余裕たっぷりの彼女の表情に、混乱した。

香港のゴシップサイトにのっていた画像の女性がどうしてここに。それに、ここはセキュリティ万全の高級マンションなのに、この人はどうやってここまで来たの？

頭の中が疑問でいっぱいだ。

「噂には聞いていたけれど、ずいぶん可愛らしいお人形さんね」

値踏みするような視線を向けられ、怖気づきそうになる自分に活を入れ背筋を伸ばす。

「エントランスにもこの扉にも鍵がかかっていたはずですが、どうやって入って来られたんですか」

「そりゃあ、あなたみたいなお利口さんには理解できないかもしれないけれど、世の中、手段を選ばなければ大抵のことはどうにかできるようになっているのよ」

挑戦的に微笑んで、私のことを見下ろす。

彼女は私を和樹さんの妻だと知ってここにやってきた。しかも、たぶん和樹さんが不在なのも承知のうえで。友好的な理由でここに来たんじゃないことは、その視線からも伝わってきた。

「そんなの不法侵入だろ。姉ちゃん、相手にする必要ない。今警察に通報するから」

スマホを握った隼人に、彼女は動じることなく笑う。

「やぁね。勝手に事を荒立てないで。私はただカズキの妻と話をしたいだけよ」

そう言って玄関に立つ私の手を掴むと、ぐいと容赦なく引き寄せた。

「きゃ……！」

「ちょ、なにしてんだよ！」

隼人が止めようとすると、外で待機していたと思われるスーツ姿の男性が、隼人の前に立ちふさがった。

「邪魔者がうるさいから、ふたりでゆっくり話せる場所に移動しましょう。大丈夫よ、この可愛らしいお人形さんに傷をつけたりしないから安心して」

靴を履く暇もなく、外へと連れ出される。

「ふざけんなっ！　待て……‼」

隼人の怒鳴り声を聞きながら、私は彼女に連れ去られた。

＊　＊　＊

空港で穂積と落ち合い、国際線の到着ロビーで香港からの飛行機の到着を待つ。

本当なら、旅館でゆっくり朝食をとり、家に帰って鈴花とふたりで過ごすはずだったのに。そう思うと自然と不機嫌な表情になる。

そんな俺を見て、穂積がくすくすと笑いながら口を開いた。

「朝から突然呼び出して悪かったな」

「いや、仕事だから仕方ない」

穂積が悪いわけじゃない。そう思ってかぶりを振る。

突然『来日するから空港まで迎えに来て』と連絡してきたのは、李グループのひとり娘、李美蘭。絶大な権力を持つ父と四人の歳の離れた兄に可愛がられ育ってきた、わがままで奔放なお嬢様。

そんな相手のお守りかと思うとうんざりするけれど、当主の李永涛《リエイトウ》からの伝言があると言われれば対応しないわけにはいかない。

「それにしても遅いな」

ロビーにある掲示板を見ながらつぶやいた。彼女が乗っているはずの便は到着済みという表示になっているのに、いつまでたっても出てくる気配がない。

「この便で間違いないいんだよな?」

「そのはずですが。念のためもう一度確認してみます」

そう言って穂積がスマホを取り出した。

そのとき、スーツのポケットに入れていた俺のスマホが震え出した。画面に表示されていたのは鈴花の名前。仕事中だとわかっているのに電話をしてくるなんて珍しいなと思いながら耳に当てる。

「もしもし」

『姉ちゃんが変な女に連れていかれた!』

電話から聞こえてきたのは弟の隼人くんの怒鳴り声で、俺は驚いて表情を変えた。

「どういうことだ」

『知らねぇよ！　いきなり家にあんたの浮気相手がやってきて、話があるって姉ちゃんを連れていったんだよ‼』

「浮気相手？」

『香港の大金持ちの女だよ！　知ってんだぞ、あんたが姉ちゃんに出張だって嘘をついて、あの女と会ってたこと‼』

「……美蘭か」

俺がそうつぶやくと、穂積が電話をしながら焦ったように早口で言う。

「彼女は教えられていたより、ひとつ早い便で日本についています。迎えに来いと言って俺たちを空港に呼び出して、鈴花さんがひとりで家にいる隙に連れ出したんでしょう」

はめられた。そう理解した瞬間、胸にものすごい焦りと怒りが押し寄せてきた。

急いでマンションに戻り、隼人くんと合流する。

隼人くんに詳しい話を聞きながら、コンシェルジュに頼んで防犯カメラの映像を見せてもらい、鈴花が車に乗せられるシーンを再生した。車種とナンバーから、李グループの関連企業が所有している車だと見当をつけて連絡すると、確かに美蘭に頼まれ運転手と一緒に車両を貸し出していると確認がとれた。

「運転手は日本企業の社員だ。そっちから圧力をかければ鈴花の今いる場所は割り出せる」

そう言って穂積に目配せをすると、彼はうなずいてすぐにスマホを耳に当てた。

「ていうか、どういうことか説明しろよ」

そのやりとりを見守っていた隼人くんが、カタカタとせわしなく膝を揺らしながらこちらを睨む。

「なんで姉ちゃんがあんたの浮気相手に誘拐されなきゃいけないんだ」

「浮気相手じゃない」

「誤魔化すなよ。知ってんだよ、姉ちゃんに仕事だって嘘をついて香港まであの女に会いに行ったって」

隼人くんは否定した俺に向かって、スマホの画面を突きつける。そこには先日香港に行ったときに盗み撮りされたらしい俺と美蘭の画像があった。

「この女との不倫関係を隠すために、姉ちゃんと契約結婚をして隠れ蓑にしようとしたんだろ⁉」

噛みつくように言った隼人くんに、眉をひそめて首を横に振る。

「違う。俺と美蘭との間に恋愛感情なんてない。確かに結婚している既成事実を欲しがった原因は彼女だが、理由は反対だ」

「反対？」

「彼女の父親の李グループの当主が、彼女と俺を結婚させたがっていた。娘を今の夫と離婚させて俺と結婚させれば、大宮建設と李グループは嫌でも親密になる。そして大宮建設を乗っ取る腹積もりらしい」

「そんなの、お前の娘との結婚なんてごめんだって断ればいいだろ！」

「こっちは香港の工事の受注を足掛かりに、本格的に海外進出をもくろんでいるところだった。理由もなく断って、香港有数の権力者で政府への太いパイプを持つ李一族の機嫌をそこねることはさけたかったんだ」

「事を荒立てることなく李グループとの縁談の話を断るために、誰でもいいから結婚相手が欲しかった。だから姉ちゃんと契約結婚をしたってわけ？」

隼人くんの問いかけに「そうだ」とうなずくと、彼はため息をついてソファの背もたれに体を埋めた。

「不倫の隠れ蓑よりは百倍マシだけど、姉ちゃんが利用されたのはやっぱりむかつく」

その率直な彼の言葉が心に刺さる。

ほんの少し前まで、お互いの利益のために契約結婚をすることになんの疑問も抱かなかった。鈴花の気持ちも考えず、勝手な都合で振り回していた傲慢な自分に嫌悪感が湧き上がる。

しかも、そのせいで彼女が美蘭に攫われた。苛立ちに奥歯を噛みしめると、隼人くんがうつむきながらつぶやく。

「もし姉ちゃんになにかあったら、絶対にあんたを許さないからな」

「わかってる。どんなことをしても、絶対に鈴花を探し出す」

俺は誓ったんだ。必ず彼女を幸せにすると。彼女の両親にも、そして自分の心にも。

そのとき穂積がスマホから耳を離し、こちらを向いた。

「鈴花さんを乗せた車がどこへ向かったか、わかりました！」

そして穂積が口にしたのは、意外な場所だった。

私たちの帰る場所

午後の日差しの中に、半透明の湯気がふわりと立ち上って消える。

「いいお湯ね。気持ちいい」

そう言って、お湯の中でご機嫌に手足を伸ばすのは、私を連れ去った張本人、李美蘭だ。

「私、一度日本の温泉に入ってみたかったのよ」

鼻歌を歌う美蘭の横に並んだ私は、「楽しんでもらえてよかったです」と微笑んで露天風呂の前に広がる庭を眺める。

私と美蘭は、実家の旅館の露天風呂でのんびり温泉につかっていた。

突然マンションにやってきた美蘭に連れ出され、無理やり車に乗せられたのは数時間前。

ハンドルを握る運転手と彼女のやりとりを聞いていて、どこに行くかなんのプランもないことを察した私は、『日本らしいおもてなしはいかがですか？』と提案してみた。

『私の実家は百五十年続く古い旅館を営んでいるんです』

そう言うと、美蘭は目を丸くした後『変な子ね』と声をあげて笑った。

『なんで拉致《らち》された被害者が行先を提案して、犯人をもてなそうとしているのよ』

『和樹さんの妻である私と話をしたかっただけなんですよね？　だとしたら、あなたは私を拉致した犯人ではなく、わざわざ遠くから訪ねてくださったお客様です。和樹さんの妻として、おもてなしするのは当然のことです』

隼人の言うように、彼女と和樹さんは不倫関係だったのかもしれない。けれど、和樹さんは前回の出張も今回のお出迎えも仕事だと言っていた。だとしたら、彼女は和樹さんだけではなく会社にとっても大切なゲストだ。

彼の口から真相を聞くまでは、妻として和樹さんを信じたい。

そう思いながら背筋を伸ばすと、美蘭はぽかんとした後、ケラケラと声をあげて笑い出した。

『ただの可愛らしいお人形さんだと思ったら、ずいぶん肝が据わっているのね。あなた、名前は？』

『鈴花、です』

『私は李美蘭。美蘭って呼んで。面白そうだから、スズカのプランにのってあげる』

そう言った彼女とやってきた旅館。

今朝和樹さんと宿を出たばかりなのに、今度は海外からのお客様を連れて戻ってきた私に、両親は少し驚いたようだったけれどすぐに気持ちを切り替え、丁寧におもてなしをしてくれた。

専用の露天風呂がついた純和風の客室に入った途端、美蘭は顔を輝かせ、『一緒に温泉に入るわよ！』と問答無用で私の服を脱がし、今に至る。

それにしても……。と思いながら横目で美蘭のことを盗み見る。

ものすごいナイスバディ。美蘭のメリハリのある色っぽい体つきを見て、大人の女性って彼女のような人を言うんだろうな、と落ち込みそうになる。

うつむいて、お湯の中で抱えた自分の小さな膝を見下ろしていると、美蘭が「綺麗ね」とつぶやいた。露天風呂から見える日本庭園のことを言っているのかな、と顔を上げると、美蘭はまっすぐに私を見ていた。

「スズカは、本当に綺麗ね」

しみじみと繰り返され、慌てて両手で体を隠す。

「そんなことないです！　美蘭のほうがずっと色っぽくて綺麗で……」

「私は偽物だもの。造花と一緒よ」

「偽物？」

首をかしげた私を無視して、美蘭はこちらに手を伸ばしお湯から出た私の肩をなぞった。

「色白で肌はすべすべだし、傷ひとつないし、とても綺麗。大切に大切に育てられてきたんでしょうね。うらやましいわ。こんな歴史ある旅館に生まれた、本物のお嬢様が」

「美蘭こそ李グループのお嬢様なのに、私をうらやましいなんて」

「お嬢様、なんて反吐が出るわ。父は香港のスラム街だった九龍城《クーロンジョウ》出身の成り上がりよ。金儲けのためならなんだってやってきた」

美蘭は言いながら視線を庭へと移す。青々とした緑や、苔むした岩や、堂々とした黒松。そして季節の花が咲いているのを見て、まぶしそうに目を細めた。

「ホンコンフラワーって知っている？　プラスチックの造花。父のオフィスにも飾ってあるわ。それを見るたびに吐き気がするの。美しければそれが本物だろうが偽物だろうがどうでもいいという父の下品さが大嫌い」

そう吐き捨てると、美蘭はこちらを向いて美しい顔でにこりと笑う。

「私も一緒よ。父には五人の子供がいて、末っ子で唯一の女だった私が一番甘やかされて育ったわ。末娘が可愛かったからじゃなく、容姿が優れている女は利用価値が高いから。造花と一緒で見た目の美しさだけを求められて、心の中で子供たちがなにを考えていようが父にとってはどうでもいいことなのよ」

美蘭の言葉には家族に対する愛情は少しも含まれていなくて、聞いているだけで胸が痛くなった。

「私は十六のときに三十歳も年上の高官と結婚させられたわ。娘を使って政府と太いパイプを作って十年間甘い汁を吸って満足した父は、私を夫と離婚させて次はカズキと結婚させようとしている」

「和樹さんと……？」

「このままうまくいけば、大宮建設は香港で地下鉄工事を受注するわ。そうなればアジアでの信頼と知名度がますます高まって、この先大きな仕事が舞い込むようになるでしょう。父は私とカズキを結婚させて、大宮建設のブランドと技術力を乗っ取るつもりよ」

だから、和樹さんはあんなに急いで私と結婚する必要があったんだ。李グループから会社を守るために。

和樹さんは美蘭と浮気をしていたわけじゃないんだ。そのことを知ってほっとする。

「わが親ながら、あの欲深さにはあきれるわ。父が死んだら、絶対に地獄行きね」

そう言った美蘭の横顔は、とてもさみしげで、でも美しく見えた。

「あ、あの。美蘭は、抹茶はお好きですか?」

「は、抹茶?」

私の唐突な質問に、美蘭は眉を寄せる。

「もしお好きなら、この後茶室にご案内しますよ。庭園の木立を抜けた先にあるんです。小川のせせらぎと鳥の声しか聞こえない、とても静かで落ち着く場所なんですよ。美味しくて可愛らしい和菓子も用意しますから」

「あなた、私を元気づけようとしているの?」

必死に言葉を続ける私を見て、美蘭は細い肩を揺らして笑った。

「あきれるくらいお人好しね。私の話を聞いていた? 私の父は大宮建設を乗っ取ろうとしている敵よ」

美蘭はそう言って、大きな黒い瞳で私のことをじっと見つめる。

「私は父にカズキを説得するように言われてやってきた。こちらの要求をのまなければ脅してでも首を縦に振らせろってね」

「要求って……、美蘭との結婚ですか?」

恐る恐るたずねると、美蘭は私から顔をそらしてうなずいた。

「あなたみたいな日本のお嬢様にとっては、愛のない結婚をする私が信じられないでしょうね」

「そんなことないです。私も、和樹さんと愛のない結婚をしましたから」

「は？」

私の言葉に美蘭は目を見開いて固まった。まじまじと私の顔を見てから、信じられないと眉を寄せる。

「和樹さんは美蘭との結婚を波風立てずに断る口実がほしくて私を妻にしたんです。相手は誰でもよかった。私もこの旅館の経営がうまくいかなくなっていて、大宮建設からの資金援助が目的で結婚しました」

「あなたみたいな子が、好きでもない男と結婚なんて……」

「私も結婚したのはいいけれど、和樹さんの冷たい態度にこの人とずっと一緒に暮らすのは無理だと思いました。だから和樹さんが私に愛想をつかして離婚しようと言い出すように、嫌われようとしたんです」

「どんなことをしたの？」

「わざと料理の失敗をしたり、朝大きな音をたてて叩き起こしたり、和樹さんの嫌いなものを食卓に並べたり、間違って羽毛布団を破って部屋中羽毛だらけにしたこともあります」

「お人形さんみたいに可愛いくせに、ずいぶん過激なのね」

私の話を聞いて、美蘭はケラケラと声をあげて笑った。

「でも、そんな私を怒らず全て受け止めてくれる和樹さんに、嫌われようとしていたはずなのにどんどん惹かれていったんです。今では心から彼を好きだと思うようになりました。はじめて人を好きになって、愛する人と一緒にいられることがこんなに幸せなんだって知りました」

「……うらやましい」

ぽつりとそうこぼすと美蘭は空をあおいだ。

「一年前に香港で出会ったカズキは、仕事にしか興味のない男だったわ。そんな彼が結婚した途端、『妻を大切にして幸せにしたいと思ってる』なんて信じられないことを言うから驚いていたけれど、あなたみたいな子と一緒に暮らしていたのなら、そう思ってしまう気持ちがわかるわ」

「あの、美蘭の旦那様は……?」

私がおずおずとたずねると、美蘭は上を見たまま首を横に振った。

「結婚して十年になるけれど、夫はほとんど家に帰ってこないわ。愛人でもいるんでしょうね。そんな生活が当然だと思っていたけれど、私もスズカのようにわざと夫に嫌われて離婚を言い出されるようにあがいてみればよかった」

そうつぶやいてから、視線をこちらに向けて微笑む。

「今までこんな話を誰にもしたことはなかったのに、どうして本音が漏れてしまうのかしら。ついつい人の気を緩ませる日本の温泉の気持ちよさが怖いわ」

「今からでも遅くないですよ」

全てをあきらめたような表情で笑う美蘭がもどかしくて、私は立ち上がり彼女の肩を掴んだ。

「旦那様にもお父様にも、美蘭がなにを考えてどうしたいと思っているのか、きちんと伝えた方がいいです」

「バカね。できるわけがないじゃない。父は金のためなら手段を選ばずに成り上がってきた男よ」

「じゃあ、美蘭はお父様の言う通りに旦那様と離婚して今度は和樹さんと結婚をするんですか？　道具のように利用されて愛のない結婚を繰り返すなんて、そんなの悲しすぎます」

私の言葉を聞いた美蘭は、黙り込んでしまった。葛藤するように視線を泳がせた後、私のことを見る。

「じゃあ、賭けをしましょう」

「賭け……？」

美蘭の提案に、私は目を瞬かせた。

＊　＊　＊

車を飛ばして鈴花の実家である日野屋へ向かう。

教えてもらった客室に飛び込むと、到着を待ち構えていたように縁側に置かれた椅子に腰かけた美蘭が、笑みをたたえてこちらを見ていた。前もって日野屋に連絡し、鈴花がいることを確認していたから、俺がここに向かっていることを当然把握していたんだろう。

「そんなに取り乱すなんて、あなたらしくないわね、カズキ」

「鈴花はどこだ」

「心配しなくても大丈夫よ。少し話をしていただけだから、あとでちゃんと会わせてあげる」

　そう言って、美蘭は唇の端を引き上げる。

「それよりまずビジネスの話をしましょう。香港のゴシップサイトを見たでしょう？　あれは父の差し金よ。次はあんな三流ゴシップではなく、きちんとした形であなたを訴えると言っているわ。副社長が政府の高官の妻と不倫をしているとなれば、大宮建設の信用は地に落ちて、地下鉄工事の受注も百パーセントなくなるでしょうね」

「だから、君と結婚しろと？」

「父からカズキを脅してでも首を縦に振らせろと言われて日本に来たわ」

「それで鈴花を連れ去ったのか」

　鈴花を脅しに使うなんて許せない。

　美蘭を見据える視線に憎悪に近いほどの怒りをにじませると、彼女は肩を上げて笑った。

「落ち着いてよ。あの子に危害を加えるようなことはしていないから。ただ、スズカと話していて少し気が変わったの。あなたが私の要求をのむなら、結婚の話をあきらめるよう父を説得してあげる」

「なにが望みだ」

低い声で問うと、美蘭は口元の笑みを消した。

「スズカと離婚して」

「どうして」

「少し前までカズキは女を信用せず愛なんて必要としていなかったじゃない。仕事以外に興味がなくて傲慢で冷徹で。あなたと私は似た者同士だと思ってた。それなのに、手のひらを返したように愛する女と結婚して幸せになるなんて、反吐が出るほど腹が立つわ」

十六歳で政略結婚を強いられた美蘭から見れば、今の俺に苛立つのも仕方がないのかもしれない。

「スズカと離婚すれば全てうまく収めてあげる。簡単な条件でしょう？」

美蘭は自信満々に微笑み小首をかしげる。俺はうつむいてひとつため息をついてから、顔を上げた。

「離婚はしない」

はっきりとそう言うと、美蘭の表情が変わった。黒い瞳が信じられないものを見るように見開かれる。

「どうして？　条件をのまなければ私とカズキの写真が出回って、アジアでの大宮建設の評判は地に落ちるのよ。どれだけの損失が出るかわかっているの？」

「わかっているよ」

「あなたが今まで香港で築いてきたものが、全て無駄になるのよ？」

「俺は鈴花を幸せにすると誓った。どんなことがあっても、その誓いを破るつもりはない」

「……信じられない。あなたが、仕事よりも妻を取るの？」

「もちろん」

俺が迷いなくうなずくと、美蘭は「はぁー」と大きく息を吐き出し長い髪をかきあげた。

「自分で言い出した賭けだけど、こんな見事に負けるとは思わなかったわ。もっとあなたの悩む姿を見せて、スズカを幻滅させるつもりだったのに」

そう言って美蘭は襖で区切られた隣の部屋を見やる。すると襖が開き、中から鈴花が出てきた。

「和樹さん！」

俺の胸に飛び込むように抱きついてきた鈴花を受け止める。そして両手で鈴花の頬を包み、その顔を確認する。

「大丈夫か？　乱暴なことをされて、怪我をしていないか？」

顔に腫れや傷がないのを確認してから、今度は髪に隠れた首筋や肩や腕。鈴花の体を確かめるように触れていく。

「だ、大丈夫ですよ」

俺にあちこち触れられてくすぐったそうに身をよじるその姿を見て、ようやくほっとして鈴花の体を抱きしめた。

「よかった……」

自分の胸の中に彼女を閉じ込めて、そうつぶやく。

美蘭が鈴花を連れ去ったと聞いてから気が気じゃなかった。ふたりが日野屋にいるとわかった後も、本当に彼女が無事なのか不安で仕方がなかった。

小さな後頭部を片手で包み、ぎゅっと強く抱きしめると、鈴花の髪が湿っているのに気がついた。わずかに腕を緩め「髪が湿ってる」と鈴花の顔をのぞきこむと、彼女は少し照れくさそうに言う。

「すみません、急いで髪を乾かしたので」

雨も降っていないのになぜ髪が濡れているんだと疑問に思っていると、美蘭がふふんと鼻を鳴らして笑った。

「ふたりで露天風呂に入ったのよ。ね、スズカ？」

「はい。美蘭に温泉を気に入ってもらえてよかったです」

俺があんなに心配していた間、ふたりは仲良く温泉に入っていた？

意味がわからず目を瞬かせる。

「日本の温泉って怖いわ。体だけじゃなく心まで緩ませて油断させる成分でも入っているのかしら。それともスズカのこのほんわかした柔らかい雰囲気のせいかしら」

俺が怪訝な表情を浮かべていると、美蘭はため息をついてこちらを見る。

「カズキを脅して結婚を迫る予定だったのにスズカとふたりで温泉に浸かって話をしているうちに、全てが馬鹿らしくなったの。でもただ身を引くのは癪だから、賭けをしたのよ」

「賭け？」

「あなたに仕事とスズカどちらを取るか迫って、もし今まで仕事にしか興味のなかったカズキがスズカを取ると言ったら、私ももう父の言う通りに動く便利な駒でいるのをやめるって」

「そんなの迷う余地もない。鈴花を取るに決まっている」

そう言うと、腕の中にいる鈴花がこちらを見上げて複雑そうな表情をした。

「でも、もし美蘭が本気で和樹さんとの不倫を訴えると言っていたら、どうするつもりだったんですか?」

「李グループは大宮建設を見くびりすぎだ。あんな写真ひとつで信頼が揺らぐほど、脆弱《ぜいじゃく》な経営はしていない」

あの写真は李グループの本社ビルの前で撮られたものだ。前に香港に呼び出されたときに、ビルから出てきた美蘭が俺に抱きつく様子を隠れて撮影していたんだろう。

本当に不倫をしているのなら、あんな場所で抱きついたりするはずがない。

だいたい不倫なんて事実無根でやましいことなどひとつもないんだから、堂々とそれを主張すれば理解してもらえる。そう確信が持てるくらい、香港企業と信頼を築いてきた。

「それに、もしそんな噂が流れたとしても、疑うのが馬鹿らしくなるくらい仲睦まじい俺と鈴花の姿を見せつければいい」

そう言って鈴花を抱き寄せキスをすると、白い頬が一気に赤く染まった。

目を丸くした後、恥じらうように視線を伏せる。その初々しい反応が可愛くて、もっと深いキスをしたくなる。

鈴花の顎をすくい上げて見つめ合うと、横からゴホンと咳払いが聞こえてきた。

「腹が立つからそういうことは、ふたりきりになるまで我慢してくれない？」

「す、すみません……っ」

美蘭の冷ややかな視線に気づき、真っ赤になって腕の中から逃げ出した鈴花と、邪魔されたことに心の中で舌打ちをする俺。

そんな俺たちを見た美蘭は、噴き出すように笑った。

「あー、本当に胸焼けするくらい幸せそうなあなたたちを見ていたら、十年も愛のない男と結婚している自分が馬鹿らしくなったわ。香港に帰って、父にあなたの言うことを聞く駒はもうやめるって宣言する」

「大丈夫か？　俺ができることがあれば力を貸すが……」

「私は今まで父が成り上がるためにどんなことをしてきたのか、娘として一番近くで見てきたんですもの。一族の弱みなんて腐るくらい握ってる。もし私を自由にさせないと言うなら、脅してやるわ」

「脅すって。あの李グループの当主を相手に？」

俺が眉を寄せると、美蘭は声をあげて笑った。

「まぁ、私の口をふさぐために、コンクリート詰めにして海に沈めてやる、くらいは言われるかもしれないけどね」

物騒な言葉に鈴花がぎょっとして顔色を変えると、美蘭は「冗談よ」と肩を揺らした。

「うちは多少ガラが悪いけれど、ヤクザでもマフィアでもないもの。実の娘が反抗したところで、勘当して縁を切られるのがせいぜいよ」

すがすがしい表情で言った美蘭の手を、鈴花がそっと握る。

「もし香港にいづらくなったら、いつでも日本に来てくださいね」

「それもいいわね。日本にいればいつでもスズカに会えるし」

いつの間にか友情が芽生えた様子のふたりを眺めていると、美蘭はとんでもないことを言い出す。

「もし父に勘当されたら、しばらくスズカの部屋に居候させてもらおうかしら」

その言葉に鈴花が笑顔になる。彼女がなんのためらいもなくうなずきそうになったのを見て、俺は慌てて口を開いた。

「日本で暮らすなら、いくらでも部屋を用意するからうちに住むのは遠慮してくれ」

せっかく思いが通じて本当の意味での新婚生活が待っているというのに、美蘭が同居するなんて勘弁してほしい。真顔でそう訴えると、美蘭は声をあげて笑った。

「冗談よ。私だってあなたたちの暑苦しいラブラブっぷりを見せつけられるなんて御免よ」

そう言った後、美蘭は小さく首をかしげ「でも」と続ける。

「私もあなたたちみたいにいつか心から愛おしいと思える相手に出会えるように、カズキよりも何倍もいい男を探すから、見てらっしゃい」

その宣言に俺と鈴花は顔を見合わせて笑いあってから、うなずいた。

そのとき入り口が開き、穂積の声が聞こえてきた。

「どうやら、無事に解決したようですね」

振り向くと、穂積と隼人くんが客室に入ってきた。

美蘭と話をつける間、話が変にこじれないようにふたりには外で待ってもらっていた。

きっとハラハラしながら耳を澄まし、中でのやりとりをうかがっていたんだろう。

「姉ちゃん大丈夫⁉」

駆け寄る隼人くんに、鈴花は「心配をかけてごめんね」と謝る。

元気そうな鈴花の様子に隼人くんはほっと胸をなでおろしてから、俺のことを見上げた。

「和樹さん。なんだかわかんないですけど、面倒なことは全部片付いたんですよね？」

確認するように問われ、うなずいた。

美蘭が俺と結婚する意志がないとはっきり言ってくれたおかげで、李グループから乗っ取られる心配は消えた。弱みを握る彼女がいる以上、当主の李永涛も強く出られないだろうし、細かな問題があったとしても十分対処できるだろう。

うなずいた俺を見た隼人くんは、「やったな」と顔を輝かせる。

「これで姉ちゃんは離婚をして自由になれるな！」

万歳をする勢いで明るく言った隼人くんに、鈴花は目を瞬かせた。

「離婚？」

「だって、問題は解決して和樹さんと姉ちゃんはもう契約結婚を続ける必要はなくなったんだろ？」

当然のように言った隼人くんに「離婚はしない」と俺が首を横に振ると、明るかった表情が険しくなる。

「え。なんで？ 好きでもない相手と結婚生活を続ける意味なんてないじゃん」

凄い勢いで顔をのぞきこまれた鈴花が、頬を真っ赤に染めながら口を開いた。

「そ、それは、和樹さんのことが、好きになっちゃったから……」

頭から湯気が出そうなほど照れたその様子が愛らしい。

「はぁ⁉　好きってこいつを？　この偉そうで頭の固い嫌な男を⁉」

「そんなことないよ。和樹さんはすごく素敵な人なんだよ。優しくて頼りがいがあってかっこよくて……」

真っ赤な頬をふくらませて反論する姿が、また可愛くて思わず手を額に当てた。愛する妻が俺のことを好きだと必死に主張するのを見て、心の中で悶絶する。

「嘘だろ……。純粋で無垢でちっとも世間ずれしてなかった姉ちゃんが、こんな男を好きになるなんて……」

そうつぶやきながら崩れ落ちる隼人くん。絶望だ、とばかりに畳に手を付きうなだれた隼人くんは、はっとしたように顔を上げた。

「姉ちゃん、もしかしてもう和樹さんに手を出されたのか⁉」

「手を……？」

きょとんと首をかしげた後に、鈴花の白い頬がみるみる赤くなっていく。

「へ、変なこと聞かないでよ……っ！　出されてないからっ‼」

恥ずかしさのあまり悲鳴をあげた鈴花を後ろから抱きしめて、俺は隼人くんのことを見下ろした。

「まぁ、これからたっぷり出すけどな」

俺の言葉に驚いた鈴花が、目を見開いてこちらを振り返る。

「か、和樹さん、なにを言ってるんですか……！」

涙目の鈴花に向かって「家に帰ってふたりきりになったらって約束だもんな」と甘い微笑みを向けると、見ていた隼人くんが絶叫した。

「姉ちゃんを汚すな！　離れろケダモノ‼」

そんなにぎやかなやりとりを眺めていた美蘭が、笑いながら隼人くんに近づく。

「スズカが大好きなのはわかるけど、こんなバカップルに付け入る隙はないんだからあきらめなさいよ」

「俺は姉ちゃんが心配なだけで、別に大好きじゃないし！」

美蘭は、むきになる隼人くんを「はいはい」と適当にあしらってから、名案を思い付いたように手を打った。

「そんなことよりあなた、私に日本を案内してよ。せっかく来たんだからあちこち観光がしたいわ」

「なんで俺が」

「あら。こんな絶世の美女とデートできる幸運を素直に喜んでいいのよ」

「デートなんてしたくないし、絶世の美女って自分で言うな」

「日本人は本当にシャイね。じゃあ、シスコンをこじらせたあわれな弟を、私がなぐさめてあげるから感謝なさい」

「誰がシスコンだ！」

美蘭が目配せすると、控えていたスーツ姿の男が隼人くんをかつぎ問答無用で連れ去っていく。

「ちょ！　助けて姉ちゃん、誘拐される！」

もがく隼人くんに鈴花は「美蘭にしっかり日本を案内してあげるのよ」と笑顔で手を振った。

「じゃあ、邪魔者は消えるから」

そう言った美蘭は、にやりと笑って客室を出ていく。

隼人くんと美蘭の賑やかな声が遠ざかっていくのを聞きながら、鈴花とふたりで噴き出した。

その様子を客室の入り口で眺めていた穂積が、「一件落着ですね」と微笑む。

「穂積さん、色々ありがとうございました」

鈴花が頭を下げると、穂積は満足そうな笑みを浮かべた。

「では、自宅までお送りします」

その言葉にうなずいて、鈴花のことを見ながら手を差し出した。

はじまりはとても自分勝手で、愛情なんて微塵もなかった。お互いに最悪の第一印象だった出会いから、一緒に過ごすうちに自然に惹かれ合い、気が付けばこんなに大切な存在になっていた。

差し出した手に、鈴花の手が重なる。指先から伝わる体温に、愛おしさが込み上げる。それだけで、幸せな気持ちで胸が満たされた。

鈴花の両親に挨拶をして、旅館の玄関から外へ出る。あたりはもうすっかり暗くなっていた。

車に乗り込む前に、なにげなく旅館を振り向いて見上げると、堂々とした唐破風の屋根とその横にそびえる立派な枝ぶりの黒松が見えた。

忘れていた幼い頃の記憶がよみがえってきて、その場に立ち尽くす。足を止めた俺に、鈴花が不思議そうに首をかしげた。

「和樹さん、どうかしました？」

その問いかけで我に返った俺は「なんでもない」と微笑みながらかぶりを振る。繋いでいた手にぎゅっと力を込め、体をかがめて鈴花の耳元に口を寄せた。

「鈴花、愛してるよ」

そうささやくと、鈴花は驚いたように頬を赤く染めた。

「きゅ、急にどうしたんですか？」

愛の言葉に動揺する鈴花が可愛くて、思わず笑みを深くする。

「ただ、伝えたくなっただけだ」

そう言って前を向くと、鈴花は繋いだ手に力を込めた。

「か、和樹さん。私も和樹さんのことを、愛してますから」

顔を赤くしてうつむいた彼女が可愛くて、抱きしめずにはいられなくなる。鈴花の体を引き寄せようとしたとき、ゴホンとわざとらしい咳払いが聞こえてきた。

「すみませんが、そういうやりとりは自宅に帰ってからにしていただけませんか」

能面のような顔をした穂積にそう言われ、鈴花は真っ赤な頬を両手で覆う。俺は笑いながらうなずいて、恥ずかしがる彼女の手を引き車に乗り込んだ。

暗闇の中、窓の外で遠ざかる旅館をじっと眺める鈴花に「もっとゆっくりしていたかったか？」と問うと、彼女は柔らかく笑って首を横に振った。

「なんだか不思議だなぁって思っていました」

「不思議？」

「少し前まではここが私の家だったのに、もうすっかり和樹さんと暮らすあの部屋が私の帰る場所になったんだなぁって」

その言葉に、胸が温かくなる。

「じゃあ帰ろうか。俺たちの家に」

「はい」

ふたり視線を合わせると、それだけで自然に笑みが漏れた。

エピローグ

自宅のマンションに帰り玄関に入ると、和樹さんが私の足元に目を留めた。不思議そうな和樹さんの表情にはっとする。私が履いているのは、日野屋でお客様が庭を散策するために置いてある、黒い桐の外履き用のサンダルだ。

「あ、これは、美蘭に靴を履く暇もなくマンションから連れ出されてしまったので……」

素足のまま車に乗せられ日野屋に到着した私は、履くものがなかったのでお客様用のサンダルを借りたのだ。

私が慌てて説明すると、和樹さんは納得したように息を漏らした。

「悪い。突然押しかけられて連れ去られて、怖かっただろ」

両手で私の頬をそっと包みながら、顔をのぞきこむ。その表情は真剣で、心から私を心配してくれていたのが伝わって来た。

長い指にそっと手を重ね、込み上げる幸せを噛みしめながら微笑む。

「和樹さんを、信じていましたから」

不安がなかったと言えば嘘になるけれど、和樹さんの妻として恥ずかしくない自分でいたい。その思いが私を支えてくれたような気がする。

和樹さんは柔らかく微笑み、私の頬を包んでいた手を後頭部に移動させた。そして上を向かされると、優しいキスが降ってくる。焦らすように唇をこすり合わされ、たまらず小さく口を開くと舌が入り込んできた。

和樹さんにキスをされると、体の輪郭が曖昧になっていく気がする。優しく甘やかされて温められて、とろりと溶けた甘いチョコレートになってしまったみたいに自由が利かなくなる。膝に力が入らなくなると、私の体が崩れる寸前で長い腕が腰に回り抱き寄せられる。

「キスだけでこんなに余裕がなくて、大丈夫か？」

甘い笑みを浮かべて意地悪なことを言う和樹さんに、私は唇を尖らせて反論した。

「和樹さんのキスが気持ちよすぎるせいですよ」

そう言うと和樹さんは一瞬言葉につまる。そして私の視線から逃げるように横を向いてしまった。

「こんなに慣れているなんて、和樹さんはきっと今までたくさんの女の人とキスをしてきたんですよね」

そう思うとなんだか面白くなくて、そんなかわいくない言葉が口から出た。和樹さんはゆっくりと瞬きをすると、こちらに視線を向け問いかける。

「嫉妬しているのか？」

「してます。ものすごく」

素直にうなずくと、和樹さんはたまらないという表情で小さく息を吐いた。

「恋愛経験がないとは言えないが、本気で人を好きになったのも、心からしたいと思ってキスをするのも、鈴花がはじめてだ」

「本当に？」

上目遣いでたずねると、こつんと額を合わせて微笑まれた。

「好きすぎて、自分をコントロールする自信がない。大切にしたいのに、暴走して鈴花を乱暴に抱いてしまいそうだ」

いつもは冷静で大人な彼が、私のことで余裕をなくしている。そのことが嬉しくて、腕を伸ばし和樹さんの肩に抱きついた。

「私、今まで一度も恋をしたことがなくて、男の人と手を繋いだこともなかった、世間知らずの子供なんです」

和樹さんは私の背中に手を回し、抱き寄せながらうなずいてくれた。

「だから、和樹さんをあきれさせたりがっかりさせたりするかもしれないんですけど」

そう続けると、和樹さんは否定するように口を開こうとした。けれどその言葉をさえぎって、私は和樹さんに想いを伝える。

「だけど、はじめては全部和樹さんがいいです」

「鈴花……」

黒い前髪の間からこちらを見つめる視線が熱を帯びる。

「私を大人にしてください」

そう言うと、唇を塞がれた。必死に息継ぎをくりかえすような激しいキスに、体がしびれる。

「そんな口説き文句をどこで覚えたんだ」

和樹さんはキスの合間に咎めるようにつぶやいた。

「ん、口説き文句じゃなくて、本心です……」と途切れ途切れに答えると、膝裏を手で支えられ一気に体を持ち上げられる。

「そうやって煽って、どうなっても知らないからな」

私に向かってそう言った和樹さんの色っぽさに、ドキドキしながらうなずいた。

和樹さんが私を抱き上げたまま向かった先は寝室で、広いベッドの上に少し乱暴に下ろされる。ギシリと音をたてたスプリングに緊張感が高まって思わずごくりと喉を上下させると、和樹さんは顔にかかる髪を邪魔くさそうにかきあげてこちらを見下ろした。

その視線が男っぽくてかっこよすぎて、このまま見つめられていたらさっと心臓がもたない。そう思って慌てて顔をそらすと、小さく息を吐くような短い笑い声とこちらに近づく足音が聞こえた。

「鈴花」

甘い声色で名前を呼ばれ顔を上げると、そこにはベッドの前にひざまずく和樹さんがいた。

「和樹さん……？」

不思議に思って瞬きをすると、和樹さんは無言で私の左手を持ち上げた。その薬指にはダイヤの結婚指輪が光っている。

この指輪は二カ月前。結婚発表パーティの直前に、放り投げるようにして渡されたものだ。あのときはまるで手錠をかけるような気持ちで、自分で自分の薬指にこの指輪を通した。

その指輪が、和樹さんの手で抜き取られる。

どういうことだろうと目を見張ると、彼は抜き取った指輪をもう必要ないというように無造作に床に転がし、そして小さな箱を差し出した。

「鈴花。一生君を幸せにすると誓うから、偽りでも飾りでもなく、俺の本当の妻になってくれ」

真剣な表情でそう乞われ、息をのむ。そんな私の前で、小さな箱が開かれた。そこにはおとぎ話のプリンセスがつけているような、豪華で美しいデザインのダイヤのリングが入っていた。

まるで夢を見ているようで、うまく言葉にできず涙をこらえて震える息を吐く。

どうしよう、幸せすぎて胸が苦しい。

「返事は？」

私の前に片膝をついて跪く和樹さんが、ねだるように私の顔をのぞきこむ。

「……嬉しすぎて、気絶しそうです」

感激しながらなんとかそう答えると、和樹さんは噴き出すように笑って、私のことを抱きしめた。

「これからたっぷりとベッドの上で俺の妻を可愛がる予定なんだから、今気絶されると困る」

「ベッドの上で可愛がるって、なんだか言い方がいやらしいです」

思わず頬を赤らめると、和樹さんは私の唇に触れるだけのキスをして、「知らなかったか？」とにやりと笑う。

「知らなかったです」

和樹さんがこんな人だったなんて、私は知らなかった。

冷血で傲慢に見えて、本当は懐が深くて優しいところも、頼りがいがあってかっこいいところも、ナスが虫に見えるなんていう子供っぽいところも、ささいなことに喜んで幸せだと言ってくれるところも。全部、全部、夫婦になってからはじめて知った。

視線を合わせて微笑み合い、左手を差し出すと和樹さんが薬指に優しく指輪をはめてくれた。

これから私たちは本当の夫婦になる。きっとこれからもお互いのいいところや悪いところ、まだまだ知らない一面を見つけて、もっともっと好きになっていくんだと思う。

そうやって愛し合って、世界一幸せな夫婦になりましょうね。そう言おうとしたけれど、感激で涙がこらえられなくなった。

大好きな和樹さんの顔がにじんで見えなくなっていく。うまく言葉にできなかったけれど、たぶんこの気持ちはちゃんと伝わってる。
その証拠に、和樹さんは私をベッドの上に組み敷くと、とろけるくらい甘いキスをしてくれた。

END

特別書き下ろし番外編

コタツと甘い日々

休日の昼下がり。

日当たりがよく広いリビングでは、ソファに腰かけた和樹さんがリラックスした様子で経済誌を読んでいた。長い脚を組み、肘置きに軽く頬杖をついたその姿は、見惚れそうになるほどかっこいい。ラグジュアリーなこのマンションにぴったりの優雅さだ。

私はそんな和樹さんの姿にドキドキしながらキッチンからリビングへ移動する。

センターテーブルにガラスのティーポットとカップがのったトレイを置き、ソファの前にちょこんと正座する。

すると私に気づいた和樹さんは、雑誌から視線を上げてこちらを見た。

「もしよかったら、温かいお茶いかがですか?」

そう言うと、和樹さんの表情が柔らかくほころんだ。

「今日のお茶はなに?」

和樹さんに少しでも体に優しいものを口にしてほしくて、最近ハーブティーや薬膳茶にはまっている私。

いつも少し変わったお茶を出すから、和樹さんも興味をもってくれるようになった。

「菊花茶です。ポットの中に小さな花のつぼみが入っているのがわかります？」

ガラスのポットの中をのぞきこんだ和樹さんが私の言葉にうなずく。

「本当だ」

「五分くらい待って、つぼみが開いたら飲み頃なんです」

「赤い種のようなものは？」

「クコの実です。菊花もクコの実も、眼精疲労にいいんですよ。和樹さん、お仕事が忙しくてお疲れかなと思って」

そう言っている間に、お湯の中で菊の花がゆっくりとほころんでいく。ガラスのポットの中で小さな花が咲いていく様子はとても可憐で、私は思わずため息をもらす。するとそんな私の横顔を見た和樹さんが小さく笑い、私のつむじに短いキスをしてくれた。

「いつもありがとう」

和樹さんからの感謝の言葉と優しいキスに、なんだかくすぐったい気持ちになる。

「どちらも美蘭が香港から送ってくれたんですよ」

振り向いてソファに座る和樹さんを見上げながらそう説明する。

そしてティーポットを持ち上げほんのりと色づいたお茶をカップに注ぐと、和樹さんはまたくすりと笑って肩を揺らした。

「相変わらず、美蘭と仲がいいんだな」

「はい。今度また日本に遊びに来るって言ってました」

お父さんの言いなりの駒でいるのはもうやめ、これからは自由に生きると宣言した美蘭。

『もし反対されたら父を脅してやるわ』なんて気丈に笑っていたけれど、彼女のことが心配だった私は、和樹さんから美蘭の連絡先を聞いたのだ。

近況をたずねるメッセージと自分の連絡先を書いてメールをしてみると、すぐに美蘭が電話をかけてきてくれた。電話の向こうで美蘭は、『勘当されることを覚悟していたのに、父が驚くほどすんなりと私の意見を受け入れたから拍子抜けしたわ』と笑っていた。

美蘭は李グループの当主である父に、生まれてはじめて反抗し自分の気持ちを伝え、無事に夫と離婚することができたそうだ。

美蘭のお父さんはスラム街出身で、小さな頃は貧しく苦しい暮らしをしてきた。

今は大きな富を手に入れたけれど、成り上がりの自分がいつまた落ちぶれるかはわからない。子供たちには自分のような貧しい暮らしをさせたくないと、四人の息子にはそれぞれに自分の育てた事業を継がせ、ひとり娘の美蘭には揺るぎない裕福な生活を与えたいと高級官僚との縁談を結んだのだという。

そして結婚して十年たって、形だけの結婚生活に不満そうな美蘭にようやく気づいたお父さんが、慌ててもっと歳が近く気が合いそうな結婚相手を探した。娘の婿にふさわしく、会社の利益にもなる人物。

それが大宮建設の御曹司、和樹さんだったということらしい。

『少し、いやかなり強引だったけど、あれも父なりの愛だったのね』と美蘭は電話の向こうで照れくさそうに笑っていた。それ以来、私と美蘭はちょこちょこ連絡を取り合っている良いお友達だ。

そんな話をしながら柔らかな湯気が立つカップを和樹さんに差し出すと、彼は「ありがとう」と受け取ってからこちらを見た。

「そのうち、鈴花も香港に行ってみるか?」

そう言われて跳び上がる。

「いいんですか？」

すぐさま聞き返した私の素直な反応に、和樹さんはカップに口をつけながら笑みを深くする。

「もちろん」

「私、修学旅行くらいしか遠出した記憶がなくて。海外なんてはじめてです！」

実家が旅館を経営していたせいで、家族旅行に縁がなかったから、知らない国に行けると思うだけでわくわくしてしまう。

「嬉しくてたまらないって顔をしてる」

目を輝かせる私に、和樹さんは小さく噴き出した。

「す、すみません。世間知らずの子供みたいで」

恥ずかしくなってうつむくと、和樹さんが持っていたカップをテーブルに置く。

視界に入った長い指に見惚れていると、その指がこちらにのびてきた。

頬にかかる私の髪をすくいあげ、優しく耳にかけてくれる。

「俺の奥さんは世間知らずの子供じゃなくて、純粋で素直で可愛い最高の女性だ」

耳もとで甘い言葉をささやかれ、一気に体温が上がった。

「そうやってからかって、人を動揺させないでください……っ」

涙目で苦情を言うと、和樹さんは機嫌良さそうに形のいい口端を上げる。

「からかってない、本心だ」

和樹さんのせいで心臓が痛いくらいドキドキしている。私が両手で胸を押さえていると、和樹さんは膝の上にあった雑誌をサイドテーブルに置き、ぽんぽんとソファの座面を叩いた。

「おいで」

たったひとこと。なのに、どうしようもないくらいきゅんとする。

私がおずおずと隣に座ると、背後から腕がのびてきて優しく肩を抱かれた。振り向いて和樹さんの顔を見ると、短いキスが降ってきた。

唇が離れると、至近距離で和樹さんが微笑む。

「新婚旅行もまだだし、行きたいところがあるなら世界中どこにだって連れていくよ」

「世界中どこにでもなんて……」

夢のような言葉に、胸が高鳴る。でも浮かれる自分を戒めるように顔をしかめた。

「和樹さんはちょっと私を甘やかしすぎだと思います」

「愛する妻を甘やかしてなにが悪い」

「そんなことを言っていたら、穂積さんにあきれられちゃいますよ」

思いが通じ合ってから、堂々と愛情表現をするようになった和樹さん。

秘書で和樹さんの友人でもある穂積さんは打ち合わせなどでうちに来ることも多いから、私たちのやりとりをいつも能面を張り付けたような無表情で眺めている。そのたびに、ものすごく申し訳ない気持ちになる。

「仕事とプライベートはちゃんと切り替えているから大丈夫だ。それに自宅にまで容赦なく押しかけてくるあいつも悪い」

少しも悪びれる様子がないその物言いに小さく噴き出すと、和樹さんも一緒に笑った。

「俺の妻は控えめでけなげですぐに我慢をするから、甘やかしすぎるくらいがちょうどいいと思うよ」

「我慢しているつもりはないんですが……」

そう言うと、肩に置かれていた手がゆっくりと私の髪をなでた。そのまま大きな手で後頭部を包まれ、優しく引き寄せられる。

「鈴花の夢も憧れも全部、俺が叶えてやる」

「和樹さん……」

名前を呼ぶと、和樹さんは小さく微笑んでから私の唇を塞いだ。

心から愛されて大切にされているのを実感して、幸せが込み上げてきた。

たっぷり甘いキスを交わした後ふたりでソファに並んで座り、「すっかりお茶が冷めてしまいましたね」なんて言って微笑み合う。

和樹さんは私を抱き寄せながら「少しだけ仕事の連絡をしたい」とタブレットに目を落とし、私は和樹さんの肩に頭を預けたままとろりと幸せな気分でテレビを眺めていた。

テレビの画面では田舎暮らしの特集なのか、日当たりのいい和室に置かれたコタツと、その脇で昼寝をするトラネコが映っていた。

無意識のうちに「いいなぁ」とつぶやきが漏れる。すると私の肩を抱いていた腕が小さく動き、和樹さんがこちらを見下ろした。

「なにか欲しいものでもあったのか？」

心の中でつぶやいたつもりだったのに、声に出ていたことにはっとして首を横に振る。

「いえ、コタツが気持ちよさそうだなぁって思っただけで」

「コタツが欲しいのか？」

「ちょっと憧れているだけです」

私が苦笑しながらそう言うと、和樹さんが手にしていたタブレットを置いた。

「憧れ？」

「うちにはコタツがなかったので」

「意外だな。鈴花の実家は純和風の日本家屋だから、コタツがあっても違和感はないのに」

「私も隼人もコタツが欲しいって何度もお願いしたんですけど、大女将だった祖母の意向で置くことが許されなかったんです」

「どうして？」

「旅館と母屋はすぐそばですから、祖母は、なにかトラブルがあればすぐに駆け付けるのは大女将としては当然のこと。自宅にいるときもつねに仕事の延長のように緊張感を持つべきだと言っていたんです」

「だから、くつろぐためのコタツは必要ないと？」

「そうです。コタツだけじゃなく、だらしない格好でいることもお休みの日に朝寝坊をすることもいい顔をされませんでした。だから余計に一日中コタツから出ないでぬくぬくして過ごすような自堕落な生活に憧れてしまって……」

照れながらそう言うと、和樹さんは「なるほど」とつぶやいた。

「鈴花が家でもつねに動き回っているのは、実家でのそんな生活が染みついているからなんだな」

そう言って和樹さんはソファから立ち上がった。

突然どうしたんだろうと思い見上げていると、こちらを振り返って宣言する。

「よし、コタツを買いに行こう」

その予想外の言葉に、私は目を丸くした。

「もしかして、この部屋に置く気ですか？」

「欲しいんだろう？」

「あ、憧れてはいましたけど……」

私はそう言いながらリビングを見渡す。

シンプルで上質な家具でそろえられたこの高級マンションにコタツを置くなんて、どう考えてもミスマッチだ。

「せっかく素敵なマンションなのに、コタツを置いたら上品な雰囲気が台無しですよ」

「雰囲気なんてどうでもいい。鈴花が喜ぶことのほうが重要だ」

「で、でも……」

困惑する私を、和樹さんが見下ろす。

「いらないのか？」

そう問われ、ぐぐっと言葉につまった。

「コタツに憧れていたんだろ？　大人になった今なら、一日中コタツの中でダラダラ過ごしても誰にも文句は言われないんだぞ？」

悪魔のような誘惑に心が揺れる。

憧れのコタツ。コタツの中で過ごす自堕落な生活。テーブルの上にお菓子やみかんを置いて、ごみ箱も近くに完備して、トイレ以外の用事は全てコタツで済ませられるようにセッティングして、時間を気にせずのんびりして……。

ダメだ。そんな生活、この上品で高級なマンションには似つかわしくない。

「たまになら、コタツの中でそのまま寝てしまったっていいんだぞ」

「ぐぅ……っ」

似つかわしくないってわかっているのに、甘い言葉をささやかれ、こらえていた理性が崩れた。

「コ、コタツ、欲しい、です……」

誘惑に負けてそうつぶやくと、和樹さんは声をあげて笑った。

「よし、これから買いに行くぞ。明日も休みだから、鈴花はコタツから一歩も出ずにダラダラ過ごせばいい」

ご機嫌にそう言った和樹さんに、私は嬉しくて抱きついた。


そして今、私の目の前には憧れのコタツがある。

和樹さんと家具屋さんに行き、買ってきたコタツ。ゆったりと大きなサイズやダイニングテーブルのように高さがあるもの、いろんなタイプのものがあったけれど、私が選んだのは大きさもデザインもごくごく普通のよくあるコタツだ。

「うわぁ……。コタツだぁ……」

ふかふかのお布団の中に足を入れて、天板にすりすりと頬ずりをする。

足元はぽかぽかと暖かいし、このぬくぬくを堪能しながら食事もできる万能家具。このシステムを考えた人は、天才だと思う。本気で。

「和樹さんも入ってみてください！」

そう言って、立ったまま私を見ている和樹さんをコタツにお招きする。

苦笑しながら私の横に腰を下ろした和樹さんは、慣れない様子でコタツの中で足を伸ばした。

「部屋の中が寒いわけじゃないが、足元が温かいとなんだか気が緩むな」

「気持ちいいですよね！」

目を輝かせてそう言うと、和樹さんの顔がくしゃっと崩れて笑顔になる。

「そんなに喜んでもらえるなら、買ったかいがあったな」

リビングのソファを少し端に寄せ、空いた部屋の真ん中のスペースに置かれたコタツ。高級感の漂う室内にコタツがあると、まるでおままごとをしているかのような異物感だけど、そんなちぐはぐな感じまでかわいく思えて顔がほころぶ。

「ありがとうございます、和樹さん」

改めてお礼を言うと、和樹さんが満足そうにうなずく。

「今日は思う存分コタツの中でダラダラしろ。ここから一歩も動くなよ」

そんな命令に思わずぷっと噴き出した。

「さすがに一歩も動かないっていうのは無理ですよ」

「どうして？」

「だって、トイレとか……」

「トイレに行くのは許す」

許すって、私がコタツから出るのは和樹さんの許可が必要なのね。亭主関白な甘やかし方が和樹さんらしい。

「あとは、食事の支度とか家事とか」

「それは全部俺がやる」

「できるんですか？」

私が疑いの目を向けると、和樹さんは余裕の笑みを浮かべる。

「これでも長年ひとり暮らしをしていたんだから、ひと通りはできる」

「料理もですか？」

和樹さんが料理をしているところなんて一度も見たことないけれど。と思っていると、和樹さんは当然のように答えた。

「料理はデリバリーに電話すればいい」

「やっぱり作れないんですね」

予想通りの答えに思わず笑ってしまう。でも和樹さんにはいつも頼りっぱなしだから、私の得意な料理を和樹さんは苦手だということが、夫婦としてちゃんと補い合えているような気がして少し嬉しい。

「デリバリーが不満なら、俺が作る。作ったことがないだけで別に作れないわけじゃない」

私に笑われたことが悔しかったのか、不貞腐れ気味にそう言った和樹さん。私はその肩にこてんと頭を預けて首を振った。

「ぜんぜん不満じゃないです。私、コタツの中で映画を見ながらデリバリーのピザを食べるの、憧れだったんです」

「鈴花はいろんなことに憧れているな」

「世間知らずで子供っぽいってあきれてます？」

上目遣いで睨むと、和樹さんは「あきれるわけないだろ」と柔らかく笑ってくれた。

「その鈴花の憧れのひとつひとつを、俺が叶えていってあげられると思うと嬉しくて仕方ないよ」

そう言って、微笑みながらキスをする。

「やっぱり和樹さんは私を甘やかしすぎだと思いますよ」

クスクスと笑い声をもらしながら短いキスを繰り返していると、来客を知らせるインターフォンが鳴った。

「あ、お客様ですね」

私が顔を上げると、和樹さんは少し不満そうな表情を浮かべる。

「無視しよう」

キスを続行しようとする和樹さんの胸を、苦笑しながら押し返す。

「ダメですよ」

　そう言ってコタツから出ようとすると、和樹さんは私の肩をぽんと叩いて先に立ち上がった。

「鈴花はコタツから出るなって言っているだろ」

　和樹さんはちらりとこちらを睨んでからインターフォンの画面を見て、突然の来客に驚いた声をあげた。

「まぁ、コタツだわ……！」

　廊下からリビングをのぞいた途端顔を輝かせたのは、和樹さんのおばあ様の幸恵さん。

「遊びに来るなとは言いませんが、来る前に連絡くらいしてください」

　そう苦情を言う和樹さんを無視して、幸恵さんは玄関で出迎えた私に向かって「コタツに入ってもいいかしら？」とキラキラした目でたずねる。

「ぜひどうぞ」

　コタツなんて庶民的なものが広いリビングの中央に鎮座していることに、嫌な顔をされるかもしれないとハラハラしていたけれど、幸恵さんの好意的な反応にほっと胸をなでおろす。

「今お茶をご用意しますね」

そう言ってキッチンへ向かおうとすると、和樹さんに「俺がやる」と首を横に振られた。

「あら、和樹さんがキッチンに立つところなんてはじめて見たわ」

驚きの声をもらす幸恵さんに、和樹さんは「今日は鈴花を甘やかすために、家事は全て俺がするつもりだったんです」と言う。

旦那様にそんなことをさせる嫁なんて大宮家にふさわしくないと思われるんじゃないかと慌てていると、幸恵さんは楽しそうに顔をほころばせた。

「ちょっと前まで和樹さんは、気は利かないし頭は固いし、女心もロマンも理解できない朴念仁だと思っていましたけど。鈴花ちゃんのおかげでいい男になりましたね」

「い、いえ私のおかげなんかでは……」

私が首を横に振ると、幸恵さんはくすくすと笑いコタツの布団の端を小さくめくる。

「鈴花ちゃんも一緒にコタツに入ってお話ししましょう。お土産に果実がたっぷり入ったゼリーを持ってきたんですよ」

そう言って幸恵さんは紙袋をコタツのテーブルの上に置く。

「でもコタツがあるならゼリーよりも、みかんのほうが雰囲気が出たわね」

「いいえ、私ゼリーが大好きなので嬉しいです」

「本当？　よかったわ。和樹さん、お皿とスプーンをお願い」

幸恵さんに「私が持ってきます」と言いかけると、すぐに和樹さんに睨まれた。

「ほら。鈴花ちゃんは、今日は甘やかされる日なんですから、和樹さんにまかせて一緒にコタツに入っていましょう」

幸恵さんにまでそう言われてしまい、私は苦笑しながら腰を下ろす。そして幸恵さんとふたりコタツに入り、ほぅ～っと気の抜けたため息をついた。

「鈴花ちゃん、新婚生活はどうです？」

幸恵さんにたずねられ、私は笑顔でうなずいた。

「和樹さんがとても優しいので、毎日幸せです」

「よかったわ。例の李グループの件も鈴花ちゃんのおかげで無事丸く収まったし、大団円ってやつですね」

美蘭のことは、大宮建設にとっても大きな不安要素だったんだろう。

ちなみに香港での地下鉄新設工事は、無事大宮建設が受注することができたそうだ。

これでますます大宮建設は発展するだろうし、和樹さんの今までの努力が実を結んだようで私もとても嬉しい。

「そうだ鈴花ちゃん、今度一緒にお買い物に行きましょうよ」

「お買い物ですか？」

「私、可愛い孫と一緒にお買い物をして色々買ってあげるのが夢だったんですよ。鈴花ちゃんが和樹さんのお嫁さんになってくれて、ようやくその夢が叶うわ。素敵なお洋服をたくさん買ってあげますからね」

「いえ、買っていただくなんて……」

「鈴花ちゃんは可愛らしいから和装も洋装も似合うわよね。アクセサリーは上品な真珠がいいかしら。上から下まで私がお見立てしますから、一緒におめかししてお食事をしましょうね。あー、楽しみだわ」

キラキラと目を輝かせる幸恵さんに圧倒されていると、そのやりとりをキッチンから見ていた和樹さんが、苦笑いしながら口を開いた。

「幸恵さん。そうやって鈴花を困らせないでください」

「あら、困らせてなんかいませんよ。私は可愛い鈴花ちゃんを甘やかしたいだけです」

「鈴花を甘やかすのは俺の役目ですから」

「ま！　そうやって鈴花ちゃんをひとりじめしようとするなんてずるいですよ！」

遠慮なく言い合う仲のいいふたりに、思わず噴き出してしまった。

私が肩を揺らしていると、幸恵さんは「そうそう」と思い出したようにバッグの中をさぐりはじめた。

どうしたんだろうと見守っている私の前に、一枚の写真が差し出される。

「昨日、家でお片付けをしていたときにこの写真を見つけてね、どうしてもこれを鈴花ちゃんに見せてあげたくなって遊びに来たんですよ」

そんな言葉を聞きながらも、私は驚きでその写真から目が離せなくなってしまった。

「これ……」

私がかろうじてそうつぶやくと、ゼリーをのせるためのお皿とスプーンを持ってきてくれた和樹さんが、私の背後から写真をのぞきこむ。

「これは、日野屋で撮った写真ですか？」

「そうよ。もう二十年近く前になるのね」

和樹さんと幸恵さんがそんな会話をしている間も、私は混乱したままだった。

年月がたったせいで少し色褪せているけれど、四角い写真の中に映っているのは間違いなく日野屋の日本庭園。

堂々とした枝ぶりの大きな黒松の幹に背をもたれ、膝を抱え眠り込んでいるふたりの子供の姿がある。

ひとりは私。まだかなり小さく見えるから、たぶん小学校に入るよりも前。両親を亡くして日野家に引き取られたばかりの頃だろうか。

写真の中の私は、隣に座る少年の肩に頭をあずけ、すやすやと寝ているようだった。

そして、私の隣で一緒に眠る整った顔の少年は……。

「もしかして、和樹さん……？」

写真から視線を上げてそう問うと、幸恵さんは優しい表情で微笑んだ。

自分でたずねておきながら答えがあっていたことが信じられなくて、慌てて後ろを振り返る。

「私と和樹さんは、小さい頃に会っていたんですか？」

目をまん丸にした私を見下ろす和樹さんは、「そうだよ」とうなずいてくれた。

確かに写真に映った少年には、和樹さんの面影がある。私が五歳くらいだから、きっと和樹さんは小学校の高学年くらい。まだ幼いけれど、凛とした雰囲気があって年齢よりも大人びているのが伝わってくる。

でも信じられない。私と和樹さんはあのホテルでの顔合わせが初対面だと思っていたのに。

「和樹さんは、知っていたんですか？」

私がたずねると、和樹さんは持っていたお皿をコタツの天板の上に置き、私の隣に座る。

そして一緒に一枚の写真をのぞきこみながら、首を横に振った。

「最初は覚えていなかった。でも、日野屋に行ったときになぜかひどく懐かしい気持ちになって、幼い頃に一度ここに来たことがあるなと思い出した」

「私はぜんぜん覚えていないのに……」

こうやって写真を見ても、まったく実感がない。なんだか覚えていないことが悔しくて眉をひそめていると、幸恵さんがくすりと笑った。

「鈴花ちゃんはまだ小さかったし、環境が変わったばかりで混乱していましたしね」

「やっぱり、この写真は私が日野の家に引き取られたばかりの頃に撮ったものなんですね」

「この頃鈴花ちゃんは誰にも心を開かず、夜もあまり寝られずにいつもぼんやり外ばかり眺めていたそうよ」

「でも、この写真はすごく安心したようにすやすや寝ていますけど……」

不思議に思ってそうつぶやくと、幸恵さんは手を伸ばし写真に映る幼い私たちをいつくしむようにそっとなでた。

「ちょうど同じ時期に和樹さんも母親を亡くしてね。周りにいる大人たちの汚い部分を見せられて、少し人間が信じられなくなっていたんです」

その言葉に、穂積さんから聞いた和樹さんの過去を思い出す。

ちらりと横目で和樹さんのことを伺うと、彼は静かな表情で写真を見つめていた。

「しばらくの間、会社の人間から和樹さんを遠ざけたいと思って、私と一緒に日野屋に泊まっていたんですよ。そのときにふたりは出会って、きっとお互いが抱えている悲しみや心細さを感じ取ったんでしょうね。いつもは夜でも眠りの浅かった鈴花ちゃんが、和樹さんのそばにいると心を許したように無防備に寝ていてね」

懐かしそうに語る幸恵さんの言葉に、頬が熱くなる。自分のことなのに全く覚えていなくて、なんだか恥ずかしい。

「和樹さんも、自分を信頼して慕ってくれる鈴花ちゃんが可愛くて仕方なかったんでしょうね。大人に対してはにこりともしないのに、鈴花ちゃんにだけは優しく接するようになって。その様子が微笑ましくて、菊ちゃんとこっそり写真を撮ったのよ」

隣からの視線を感じて顔を上げると、和樹さんに優しく微笑みかけられた。その眼差しが温かくて、胸がきゅんと締め付けられる。

「ふたりの姿を眺めながら菊ちゃんと、和樹さんと鈴花ちゃんが大人になって、自然に惹かれ合って結婚したら素敵ねって話をしていたのよ」

「そうだったんですね……」

「李グループから結婚の話が来て、とても強引に今回の縁組を進めてしまったけれど、和樹さんと鈴花ちゃんならきっと幸せな夫婦になれるって信じていたんですよ」

会社の利益だけではなく、私たちの幸せを願ってくれていたんだ。そのことを知って、鼻の奥がつんと痛くなる。

「幸恵さん、ありがとうございます」

涙をこらえながら頭を下げると、幸恵さんは穏やかに首を横に振った。

「いいえ、お礼を言いたいのはこちらのほうですよ。鈴花ちゃん、和樹さんを愛してくれて、幸せにしてくれて、ありがとう」

その言葉を聞きながら、和樹さんがテーブルの下で私の手をぎゅっと握りしめてくれた。その手の温かさに、幸せが胸に迫り涙がこらえきれなくなった。

帰っていく幸恵さんを一階のロビーまで見送って部屋に戻ると、靴を脱いだ途端、和樹さんに抱き上げられた。

「きゃ」と小さく悲鳴をあげた私を抱えて、和樹さんは平然とリビングへ向かって歩き出す。

「か、和樹さん。自分で歩きます……！」

慌ててそう言うと、和樹さんは腕の中の私を見下ろしながら首を横に振った。

「今日は鈴花をとことん甘やかして、コタツの中で一日ダラダラさせる予定なんだから、大人しく俺に甘えろ」

そんなことを偉そうに命令されて、思わず噴き出す。

コタツから一歩も出るなと言っていたのに、結局幸恵さんのお見送りで私が家の外まで出たのが不満らしい。

どこまでも甘くて優しくて、そして少し強引な旦那様の肩にぎゅっとしがみつきながら、くすくす笑う。

「じゃあ、これからたっぷりコタツでぬくぬくさせてもらいますね」

私がそう言うと、和樹さんは満足そうにうなずいた。コタツに到着した和樹さんは、私を後ろから抱きしめるようにして一緒にコタツに入る。

足元はぽかぽか暖かいし、背中はたくましい胸板に触れて体温が伝わってくるし、耳元で和樹さんの息遣いが聞こえるし。この体勢は最高に幸せかもしれない。なんて心の中でこっそり思う。

そして、テーブルの上に置かれた写真を改めて見下ろした。写真の中ですやすやと眠る、幼い頃の私たち。

「この写真、フォトフレームに入れて飾ってもいいですか？」

そうたずねた私に、和樹さんは「いいよ。今度フォトフレームを買いに行こう」と柔らかく笑ってくれる。

「それにしても、私と和樹さんがこんなに小さな頃に出会っていたなんて信じられないですね。幸恵さんもうちの両親も、最初から教えてくれればよかったのに……」

そう文句を言うと、和樹さんは私の肩越しに写真を見下ろしながら苦笑した。

「確かに。最初から小さな頃に出会っていたと知っていたら、あんな険悪な初対面にならずにすんだだろうな」

お互いにホテルでの最悪な第一印象を思い出して笑い合う。

「でも俺は、どんなに最悪な出会い方をしても、やっぱり鈴花に惹かれたと思う」

低い声でそうささやかれ後ろを振り向くと、和樹さんはじっと私を見つめていた。

「鈴花は？」と問いかけられ、頬に熱が集まるのを感じながら小さくうなずく。

「それは、私も、きっと、おんなじです」

たどたどしい答えに、和樹さんがくすりと笑った。

運命、なんて言ったら馬鹿にされてしまうかもしれないけれど、どんなふうに出会っても、きっと私は和樹さんを好きになってしまったと思う。そういう特別な絆が、ふたりの間にはあるんだって信じられる。

頬を染めてうつむいていると「こっちを向いて」とささやかれた。私が体をよじって振り向くと、顎をすくいあげられキスが降ってくる。

「ん……っ」

鼻から抜けるような甘い吐息が漏れて、恥ずかしくなる。少し前まではキスをしたこともなかったのに、和樹さんに優しく甘く愛されているうちに、すっかり私は欲張りになってしまった。キスをされると気持ちよくて、もっと深いキスが欲しくなる。体に触れられると幸せで、もっと求めてもらいたくなる。

キスをしながら和樹さんが長い指を私の服の中にもぐりこませた。そっと肌の上をなぞられ、それだけで背筋が甘く震えて体の芯が熱くなった。

情熱的なキスに翻弄され私がとろんとしていると、和樹さんは私の着ているシャツ型のワンピースのボタンを器用に外していく。

「か、和樹さん……っ」

胸のふくらみを大きな手のひらで包み込まれ、恥ずかしさに和樹さんの名前を呼びながら身をよじる。

「嫌か？」

わずかに首をかしげてこちらを見下ろした和樹さんの視線は熱をはらんでいた。その色っぽさに、めまいを起こしそうなくらい鼓動が速くなる。

「嫌じゃないんですけど、恥ずかしいです……っ」

和樹さんと本当の夫婦になり毎晩のように愛されているとはいえ、こんな明るい場所で服を乱されるのはさすがに恥ずかしい。大きく開いたワンピースの胸元を掴んで体を隠そうとすると、和樹さんに手首を掴まれ阻止された。

「鈴花に恥ずかしがられると、可愛くて余計に興奮する」

耳元で低い声でささやかれ、ぞくぞくして体が溶けてしまいそうになる。

「和樹さんの、意地悪」

後ろを振り返りながら涙目で睨むと、和樹さんが「ん？」と色っぽく微笑み私を見つめた。

「そんなことを言われたら、ドキドキしすぎてどうしていいかわからなくなるじゃないですか」

そう苦情を言うと、和樹さんはぷはっと声をもらして笑った。

「あー、もう本当に、可愛すぎる」

ご機嫌な様子でつぶやいた和樹さんは、長い指で私の顎をすくい上げる。目が合うと、それだけで私の心臓は大きく跳びはねた。いつもは涼しげな黒い瞳が今は熱を帯びていてたまらなくかっこいい。

「鈴花、好きだよ」

そうささやいて、また甘いキスをしてくれた。色っぽくかすれた低い声で名前を呼ばれると、胸に火がともされたように愛情が込み上げる。

広いリビングに響くのは、かすかな衣擦れの音と少し乱れたふたりの呼吸。

「ん……、和樹さん」

キスの合間に息継ぎをするように名前を呼ぶ。すると至近距離で和樹さんが微笑んでくれる。

こつんと額を合わせると、ふたりともわずかに汗ばみ息があがっていた。

私を後ろから抱きしめるように座っていた和樹さんが、キスをしながら体勢を入れ替える。私の体を床に寝かせて組み敷こうとしたとき、ガツンと鈍い音がした。

「だ、大丈夫ですか？」

驚いて体を起こすと、眉をひそめる和樹さん。どうやらコタツに思いきり足をぶつけたらしい。

「痛いし、熱い」

確かに、コタツで密着していちゃいちゃしていたから、ものすごく熱がこもっている。お互いの火照った頬を見て、思わず同時に噴き出した。

「コタツは快適だけど、鈴花を抱くのには向いていないな」

「そ、そうかもしれないですね」

抱くのには向かない、なんて冷静に生々しい表現をされると、途端に羞恥心が込み上げる。すると和樹さんは恥ずかしがる私の膝裏に手を入れて、一気に抱き上げた。

「今日は一日中コタツで過ごすと言っていたけど、予定を変更してベッドに移動してもいいか？」

ベッドに移動してなにをするかは、言われなくてもちゃんとわかる。色っぽい視線で見つめられると、鼓動が勝手に速くなる。

求められると嬉しい。だけど、やっぱり恥ずかしい。

「い、いいですよ。あとでちゃんとコタツでぬくぬくさせてくれるなら」

たくましい首に腕を回しながらうつむきがちにそう言うと、なぜか不満そうな顔をする和樹さん。

その顔を見て、和樹さんはコタツをお気に召さなかったのかなと不安になる。

「あの、やっぱりコタツの中で過ごすなんて、だらしなくて嫌ですか?」

コタツの中で食事をしてテレビを見てそのまま寝てしまうような、自堕落な一日に憧れていたんだけどな。

私がしょぼんと肩を落とすと、和樹さんは苦々しい口調で言った。

「いや、コタツの中で一日過ごしたいという鈴花の夢は叶えてあげたいんだが……」

苦悩するような表情に首をかしげると、和樹さんはため息を吐き出した。

「鈴花を寝室に連れて行ったら、今日はもうベッドの中から出してやれる自信がない」

そんなことをつぶやいて真剣な顔で悩む和樹さんに、思わず噴き出してしまう。

ベッドの中から出してあげられないと悩むなんて、本当に私の旦那様は私のことを愛しすぎていると思う。そしてその愛をたっぷり注がれて心から嬉しいと思う私もきっと、和樹さんのことを愛しすぎている。

「ベッドとコタツ、どちらに行きたい?」

そう問われ、勝手に頬に熱が集まる。

わかっているくせに、私に選ばせるなんて和樹さんは少し意地悪だ。

私は和樹さんの肩に顔をうずめてつぶやいた。

「コタツでぬくぬくするのは我慢するので、今日はベッドに連れて行ってください」

そう言うと和樹さんは笑って私のおでこに短いキスをしてくれた。そして私を抱き上げたまま寝室へと歩き出す。

憧れのコタツを手に入れたのはいいけれど、コタツの中でぬくぬくしながら自堕落な一日を過ごす夢はまだ叶いそうにない。

でも、それ以上に幸せなはちみつみたいな甘い時間に、自然と笑みがこぼれた。

END

あとがき

俺の幼馴染みで上司の和樹と鈴花さんが契約結婚をしたばかりの頃のこと――。

「副社長、失礼します」と俺が執務室に入ると、和樹がなんともいえない表情でデスクの上を凝視していた。不思議に思い近づくと、その視線の先にはハートや星が散りばめられたカラフルなお弁当があった。

とても大人の男のために作ったとは思えない可愛らしすぎる愛妻弁当。きっと鈴花さんの嫌がらせだろうと察した俺が噴き出しそうになっていると、「穂積、これはどうしたらいいんだ」と和樹が深刻な表情でこちらを振り返った。

「どうしたらいいって……、普通に食べれば？」

「こんな手の込んだ弁当を鈴花が俺のために作ってくれたんだぞ。もったいなくて食べられるはずがないだろ」

大真面目に悩む和樹を見て苦笑する。こんな子供っぽい弁当なんて食べられるかと憤慨しているのかと思えば、全く逆の方向で悩んでいたらしい。

「もったいないなら、写真に撮っておけばいいんじゃないか？」

俺の提案に「なるほど」と顔を輝かせた和樹が、さっそくスマホをかまえ写真を撮る。その様子をあきれながら眺めていると、俺の視線に気づいた和樹は「そんなもの欲しそうな顔をしても、やらないぞ」と威嚇するようにこちらを睨んだ。

「見ているだけで胸焼けしそうだからいらねぇよ」

なんて悪態をつきながらも、今まで女性を信用できずにいた冷血な彼が可愛い妻にメロメロになっている様子が微笑ましくて、俺は肩を揺らして小さく笑った。


和樹が愛妻弁当に浮かれる様子を、秘書の穂積目線でのぞいてみました。きっとこの先も穂積は、和樹から可愛い妻ののろけをいっぱい聞かされて、毎日胸焼けすることになるんだと思います。がんばれ穂積。

悶絶するほど可愛くて素敵な表紙を描いてくださったShabon先生をはじめ、担当の鶴嶋さん、スターツ出版の皆様、このお話が一冊の本として読者様の手に届くまでの長い道のりに携わってくださった全ての方に、心から感謝しています。

そして、たくさんの本の中から本作を手に取ってくださり、ありがとうございました。またいつか違うお話でお会いできるように、これからも頑張ります。

きたみ　まゆ

きたみ まゆ先生への
ファンレターのあて先

〒104-0031
東京都中央区京橋1-3-1
八重洲口大栄ビル7F
スターツ出版株式会社　書籍編集部　気付

きたみ　まゆ先生

本書へのご意見をお聞かせください

お買い上げいただき、ありがとうございます。
今後の編集の参考にさせていただきますので、
アンケートにお答えいただければ幸いです。

下記URLまたはQRコードから
アンケートページへお入りください。
https://www.berrys-cafe.jp/static/etc/bb

俺の新妻
～御曹司の煽られる独占欲～

2019年6月10日　初版第1刷発行

著　者　きたみ まゆ
©Mayu Kitami 2019

発行人　松島 滋

デザイン　hive & co.,ltd.

校　正　株式会社　文字工房燦光

編集協力　いずみかな

編　集　鶴嶋里紗

発行所　スターツ出版株式会社
〒104-0031
東京都中央区京橋1-3-1　八重洲口大栄ビル7F
TEL　出版マーケティンググループ　03-6202-0386
(ご注文等に関するお問い合わせ)
URL　https://starts-pub.jp/

印刷所　大日本印刷株式会社

Printed in Japan

乱丁・落丁などの不良品はお取替えいたします。
上記出版マーケティンググループまでお問い合わせください。
定価はカバーに記載されています。

ISBN 978-4-8137-0694-6　C0193

ベリーズ文庫 2019年7月発売予定

Now Printing

『甘味婚―契約なのに、溺愛されて―』 宝月《ほうづき》なごみ・著

出版社に勤める結奈は和菓子オタク。そのせいで、取材先だった老舗和菓子店の社長・彰に目を付けられ、彼のお見合い回避のため婚約者のふりをさせられる。ところが、結奈を気に入った彰はいつの間にか婚姻届けを提出し、ふたりは夫婦になってしまう。突然始まった新婚生活は、想像以上に甘すぎて…。

ISBN 978-4-8137-0712-7／予価600円＋税

Now Printing

『いつも、君の心に愛の花』 小春《こはる》りん・著

入院中の祖母の世話をするため、ジュエリーデザイナーになる夢を諦めた桜。趣味として運営していたネットショップをきっかけに、なんと有名ジュエリー会社からスカウトされる。祖母の病気を理由に断るも、『君が望むことは何でも叶える』――イケメン社長・湊が結婚を条件に全面援助をすると言い出して…!?

ISBN 978-4-8137-0713-4／予価600円＋税

Now Printing

『悪役社長は独占的な愛を描く』 真彩《まあや》-mahya-・著

リゾート開発企業で働く美羽の実家は、田舎の画廊。そこに自社の若き社長・昴が買収目的で訪れた。断固拒否する美羽に、ある条件を提示する昴。それを達成しようと奔走する美羽を、彼はなぜか甘くイジワルに構い、翻弄し続ける。戸惑う美羽だったが、あるとき突然「お前が欲しくなった」と熱く迫られて…!?

ISBN 978-4-8137-0714-1／予価600円＋税

Now Printing

『ベリーズ文庫　溺甘アンソロジー3』

「妊娠＆子ども」をテーマに、ベリーズ文庫人気作家の若菜モモ、西ナナヲ、藍里まめ、桃城猫緒、砂川雨路が書き下ろす魅惑の溺甘アンソロジー！　御曹司、副社長、エリート上司などハイスペック男子と繰り広げるとっておきの大人の極上ラブストーリー5作品を収録！

ISBN 978-4-8137-0715-8／予価600円＋税

Now Printing

『私、完璧すぎる彼と婚約解消します!』 滝井《たきい》みらん・著

家同士の決めた許嫁と結婚間近の瑠璃。相手は密かに想いを寄せるイケメン御曹司・玲人。だけど彼は自分を愛していない。だから玲人のために婚約破棄を申し出たのに…。「俺に火をつけたのは瑠璃だよ。責任取って」――。強引に始まった婚前同居で、クール な彼が豹変!? 独占欲露わに瑠璃を求めてきて…。

ISBN 978-4-8137-0716-5／予価600円＋税

タイトル、価格等は変更になることがございますのでご了承ください。